Diogenes Taschenbuch 20159

de
te
be

Alfred Andersch

Ein Liebhaber des Halbschattens

Drei Erzählungen

Diogenes

Werkdaten:
›Opferung eines Widders‹ (1962)
›Ein Liebhaber des Halbschattens‹ (1962)
in Berzona, Valle Onsernone
›Alte Peripherie‹ (1963) in Rom
Für die Novelle ›Ein Liebhaber des Halbschattens‹
wurden zwei Sätze aus Fontanes
›Wanderungen in der Mark Brandenburg‹ verwendet
Die Erstausgabe der vorliegenden Sammlung
erschien 1963
Umschlagillustration: Gabriele Münter,
›Blick aufs Murnauer Moos‹,
1908 (Ausschnitt)

Veröffentlicht als Diogenes Taschenbuch, 1974

40/97/43/6
ISBN 3 257 20159 1

Wir meinen, daß wir nicht nur jederzeit in gewisse gegenwärtige Geschichten verstrickt sind, sondern daß wir ständig in viele, um nicht zu sagen unzählige gegenwärtige Geschichten verstrickt sind und daß dies Verstricktsein oder vielleicht auch Verstricktgewesensein unser Sein ausmacht. –

Wenn man mit uns die Sachverhalte leugnet, oder in Geschichten aufgehen läßt, so gewinnt damit das Denken einen neuen Platz, da Sachverhalt und Denken im engsten Zusammenhang stehen. Wenn man also den Sachverhalt aufgibt, so verliert damit auch das Denken seinen angestammten Platz. Dem Denken der Tradition vergleichbar könnte dann das Verstricktsein in Geschichten sein oder das Beschäftigtsein mit Geschichten. – Wenn nun das Denken seinen alten Platz verliert, muß auch das Sprechen seinen Platz wechseln. Das Sprechen muß dann in Beziehung zu Geschichten gebracht werden, so daß man auch sagen könnte, nur so weit gibt es Sprechen, als es ganze Geschichten gibt.

Wilhelm Schapp, Philosophie der Geschichten
(Leer/Ostfriesland, 1959)

Inhalt

Ein Liebhaber des Halbschattens

1

Seine Mutter brauchte heute lange, bis sie fertig wurde; das war eigentlich merkwürdig, weil sie sonst eine Flinke war; mit ihren dreiundsiebzig Jahren war sie noch immer die alerte, zielbewußte kleine Dame, die sie ihr ganzes Leben lang gewesen war. Ihr Zögern hätte Lothar Witte also auffallen müssen, aber es fiel ihm nicht auf; erst am Nachmittag, kurz ehe das Unglück bei Barrentin geschah, sollte er erfahren, welche Bewandtnis es damit hatte, daß seine Mutter, ganz gegen ihre Gewohnheit, an jenem Morgen im Haus herumgetrödelt hatte, ehe sie endlich erschien und den Gartenweg der frohnauer Villa entlang auf den Opel zuging, in dem Lothar, nachdem er schon vor einer Viertelstunde ihre beiden Koffer eingeladen hatte, halb ungeduldig, halb dösend saß und auf sie wartete. Er saß und starrte auf die mit Laubgrün verhängte frohnauer Villenstraße, auf das hellgrau verputzte, langweilige Haus, in dem er bis zum Ende des Krieges gewohnt hatte und in dem seine Mutter wohnen geblieben war – sie vermietete den Hauptteil jetzt an andere Leute –, und es war ihm deutlich bewußt, daß er auf die Jahre mit Melanie starrte, ohne etwas Besonderes zu empfinden; schon seit ein paar Jahren konnte er, wenn er nach Berlin kam, zu seiner Mutter hinausfahren und in diesem Hause umhergehen, ohne daß ihn die Erinnerung an Melanie zu überstürzten Aufbrüchen trieb, wie in den ersten Jahren nach jenem Oktobermorgen im Jahre 47, an dem Melanie so ganz und gar unwiderruflich abgereist war. Vierzehn Jahre später war das eben ausgestanden, mußte es wohl ausgestanden sein, wenn Lothar hier sitzen und dösend warten konnte, wenn er nicht auf der Stelle den Motor anließ und abfuhr. Aber er dachte gar nicht daran, dachte überhaupt nur flüchtig an Melanie, so, wie er schon lange aufgehört hatte, Richard Brahm, Melanies Mann, gegenüber ihren Namen zu erwähnen; eines Tages hatten sie beide, wie auf Verabredung, ihren Melanie-Kult beendet, gaben sie ihre Versuche, das Andenken der Verschwundenen zu zelebrieren, auf, und ihr Schatten – ein Schatten, so durchsichtig und leuchtend, wie nur die zarte, braunhäutige, sich mit Vorliebe in dünne Stoffe aus sehr reinen, hellen, fast ausgebleichten Farben kleidende Melanie ihn werfen konnte – war nur noch in ihre Gespräche geraten, wenn sie hinsichtlich der Kinder irgendeine Entscheidung zu treffen hatten. Dann war Brahm von Hannover nach Göttingen gekommen und hatte sich sorgenvoll mit Lothar beraten; die Kinder waren schwierig und kostspielig gewesen, die beiden Männer hatten es immer wieder mit neuen Schulen versucht, aber es hatte nie geklappt, die Kinder waren ein Kreuz. Übrigens waren sie es seit einiger Zeit nicht mehr; sie waren erwachsen geworden und halfen sich selber weiter – so war denn auch diese Seite der Angelegenheit erledigt. Doch nicht einmal daran dachte Lothar Witte an jenem Morgen; abgesehen von den Augenblicken, in denen die Erinnerung an die überaus peinliche Szene in Professor Tilius' Vorzimmer, gestern nachmittag, wiederkehrte – und Lothar hatte bereits eine Technik entwickelt, sie zu vergessen –, war dies überhaupt ein angenehm problemloser Morgen, gestört höchstens von dem Verlangen nach Alkohol, das Lothar peinigte; da seine Mutter sich immer noch im Hause aufhielt, trank er schließlich einen Schluck Cognac aus der

Reiseflasche, die im Handschuhfach lag. Er spürte fast sofort die Wirkung; plötzlich genoß er den Blick auf die vollkommen leblose Straße, ihr lichtloses Sommergrün, in das sie eingehüllt war, ihr Pflaster aus kleinen graublauen Steinen, das nichts spiegelte und auf dem kein Schatten sich abzeichnete, das sich auf nichts weiter bezog als auf sich selbst, ein trockenes und sauberes Pflaster in Frohnau bei Berlin, stumm unter einem Dach aus Allee- und Villenlaub, das den Himmel verhängte.

Endlich sah er seine Mutter aus dem Haus treten; klein und kerzengerade näherte sie sich. Sie hatte ein dunkelgraues Jackenkleid an, über dem scharf angewinkelten linken Unterarm lag ihr Regenmantel, während sie mit der linken Hand ihre uralte Ledertasche und ihre Handschuhe trug. Wie preußisch sie wirkt, dachte Lothar, während er ihr im Sitzen die Türe offenhielt und sie beobachtete, wie sie schnell und genau den Gartenweg entlangging, wie sie nicht vergaß, mit einer knappen Bewegung die Pforte hinter sich zu schließen, ehe sie auf den Wagen zutrat, eine Spur schuldbewußt, weil sie zu ihrem eigenen Erstaunen ihren Sohn hatte warten lassen, so daß sie, wie immer, wenn sie sich unsicher fühlte, ihrem Gesicht einen Ausdruck gab, der noch hochmütiger war als sonst. Aber sie ist gar nicht hochmütig, dachte Lothar, sie wirkt nur so, weil sie diese straffe kleine Figur hat, und eine Nase, als stamme sie von den Quitzows oder Kottwitz ab – dabei stammte sie nur aus einem Pfarrhaus im havelländischen Luch –, und einen Mund von der Gemessenheit eines Wappenspruchs. »Sie sieht genau so aus, wie man sich die Witwe eines preußischen Oberstleutnants vorstellt«, bemerkten Lothars Freunde in der Regel, wenn sie bei ihr eingeführt worden waren, worauf Lothar trocken zu replizieren pflegte, der

Oberstleutnant selbst, sein Vater, habe hingegen überhaupt nicht preußisch ausgesehen. »Sondern wie?«, fragte dann mitunter einer, worauf Lothar manchmal eine Fotografie hervorkramte, die den alten Herrn im polnischen Feldquartier zeigte, kurz vor dem Gefecht bei Szamotuly im September 1940, in dem er gefallen war – eine mächtige und zerfließende Gestalt, die Lothar so sehr ähnelte, daß der Freund betreten auf das Bildnis blickte. Es war nämlich auf eine unklare Weise bedenklich, einen gealterten Lothar in der Uniform eines hohen Infanterieoffiziers wiederzuerkennen, wie er nicht ohne Arroganz etwas betrachtete, was ihm offensichtlich mißfiel. Mochte es der Krieg sein, das falsche Verhalten eines Soldaten oder einfach nur das Wetter – der ältere Witte, dessen einziges Kind Lothar aus unaufgeklärten Gründen geblieben war, blickte kurz vor seinem Tode auf das, was das Leben ihm gerade vorführen mochte, genau so, wie Lothar in gewissen Momenten einen Freund betrachten konnte: mit kaltem, abweisendem Interesse.

»Wo hast du so lange gesteckt?« fragte Lothar, während er seiner Mutter half, sich im Auto zu etablieren.

»Ach, nichts Besonderes«, erwiderte sie, etwas verwirrt.

Er hörte nicht genau hin und ließ sich damit abspeisen, daß sie, nachdem sie sich wieder gefaßt hatte, hinzufügte: »Ich habe eine Zeitlang nach meinen Handschuhen suchen müssen.«

Als sie die Tegeler Chaussee entlangfuhren, dachte Lothar wieder an die Cognacflasche und nahm sich vor, sie bei nächster Gelegenheit unauffällig aus dem Handschuhfach zu holen und in seine Jackentasche zu stecken. In der Ferne lagen die Fabriken von Siemensstadt flach und deutlich unter einem Himmel von fast weißem Grau. Ein angenehmer Tag, dachte Lothar. Er liebte schattenloses, neutrales Wetter. Die Fahrt nach Hamburg würde hübsch werden bei solchem Wetter. Seine Mutter wollte Verwandte in Hamburg besuchen, und er hatte sich angeboten, sie hinzubringen, da er Semesterferien hatte und der kleine Umweg nach Norden ihn reizte. Auf der Fahrt durch die Mark und das südliche Mecklenburg würde er, nach Jahren wieder, Gelegenheit haben, Stücke der Landschaft zu sehen, die einmal von so großer Bedeutung für ihn gewesen war.

Seine Mutter hatte den Vorschlag, wenn auch zögernd, angenommen. »Du weißt, ich mache mir nichts aus Autofahrten«, hatte sie erklärt, aber Lothar wußte, daß sie Angst hatte, er würde unterwegs anfangen zu trinken.

»Du könntest mir endlich erzählen, wie dein Gespräch gestern ausgegangen ist«, sagte sie. »Bekommst du die Berufung nach Berlin?«

Lothar schüttelte den Kopf. Er mußte sich eine Weile auf den Verkehr konzentrieren, dann sagte er: »Sie wollen mich nicht haben.«

2

Er sah sich, nachdem er diesen Satz ausgesprochen hatte, wieder in jenem Café am Kurfürstendamm sitzen, in dem er gestern nachmittag gewartet hatte, bis es an der Zeit gewesen war, zu Professor Tilius zu gehen. Obwohl die Sonne schien, saß er nicht an einem der Tische im Freien, sondern im Inneren, allerdings nicht im dunklen Hintergrund des Raumes, sondern noch am Rande der großen geöffneten Fenster, so daß er das Leben auf der Straße beobachten konnte, aber eben nicht wie ein Höhlentier, dessen in der Tiefe glosende Augen man schließlich wahrnimmt, sondern unauffällig in einer neutralen Zone, in der Licht und Schatten sich durchdrangen, im Bereich des Halbschattens, in dem er gut denken konnte. Er sah sich die Frauen an, die an den Flaneurstischen unter der großen gestreiften Markise saßen, blickte auch denen nach, die auf dem Boulevard vorbeigingen, erwog, ob er eine Bekanntschaft machen solle, aber der Cognac, den er trank, hatte ihn bereits in seinen Bann geschlagen; er saß schwer auf seinem Stuhl, ein paar Zeitschriften, die er gekauft hatte, auf dem Tisch vor sich; er hatte einen Blick in sie hinein tun wollen, konnte sich aber nicht entschließen, sondern dachte über das Thema seiner Göttinger Vorlesungen nach, unterbrochen von gelegentlichen Seitenblicken auf weibliche Erscheinungen; Segmente von Kleidern und Haaren mischten sich in Aspekte gewisser Gedankengänge des Amaury de Bêne, der im Jahre 1206 gestorben war, der Satz ›Omnia unum, quia quidquid est, est deus‹ erschien plötzlich auf dem Hintergrund eines Gelb, das aus einem berliner Schneider-Atelier hervorgegangen war und von einer schwarzen Modefrisur umströmt wurde wie von Wind; dazu traten Überlegungen der Art, wieviel besser es sein würde, in Berlin zu leben, anstatt in Göttingen. Das Provinzielle Göttingens störte Lothar nicht, aber es war so, daß Göttingen ihn einfach nichts anging, selbst wenn er es sich gelegentlich mit Lichtenberg illuminierte. Auch Lichtenberg wäre eine Berliner Professur schließlich lieber gewesen als ein Leben in Göttingen. Lichtenberg war in Göttingen ein toter Mann, während Fontane in Berlin merkwürdigerweise immer noch lebte, und es tat seiner Anwesenheit keinen Eintrag, daß die Wege nach Neuruppin oder in den Dosse-Bruch schändlicherweise verschlossen waren. Lothar, in einem milden Kaffeehaus sitzend, gedachte seiner zurückhaltenden, nüchternen Lieblingsschriftsteller, indem er sie vor einen Prospekt aus Avenuen und Kiefernlandschaften stellte; schließlich brachte er ein Blickverhältnis mit einem hübschen dunkelblonden Mädchen fertig, das schräg links von ihm an einem Tisch im Freien saß, gab es jedoch nach ein paar Minuten auf und versank aufs neue in Trägheit. Beklommen gestand er sich wieder einmal ein, daß auf dem Grunde seiner Neigung zur Nüchternheit, zum gebrochenen Licht, etwas lag, was dieser Neigung widersprach; seine großen Halbschattenmomente erkaufte er sich regelmäßig mit Alkohol, mit einem Hang, der, auch wenn er nicht jedesmal in einen Rausch ausartete, ein Hang zu etwas ganz und gar Wüstem war. Er bestellte sich noch ein Glas Rémy-Martin – das dritte – und trank es langsam aus, ehe er sich erhob, weil es fünf Uhr geworden, die Sonne erloschen und die Zeit gekommen war, die Universität aufzusuchen.

Bereits im Korridor traf er den feisten, kleinen, von allen Hunden gehetzten Tilius, neben dem Lothar sich ausnahm wie ein würdiger, seinen Studien und dem Wein ergebener Provinzprälat, der irgendeiner Sache wegen bei einem schnellen, wendigen Monsignore aus der Kardinalsuite zu antichambrieren hat. Im Geiste nannte er Tilius einen philosophischen geschickten Auswerter, Kompilator von Ideen anderer, Verfasser von Büchern mit erregenden Titeln, glänzenden Verhandler, Taktiker im Getriebe der Institutionen, Karrieristen – Lothars akademischer Kollegenhaß erfand in bezug auf den Dekan der philosophischen Fakultät immer neue Definitionen –, und sein Gespräch mit ihm verlief genau so, wie er es sich vorgestellt hatte, mit betont freundlichem Empfang, herzlichem Hereinziehen ins Dekanszimmer, an der Sekretärin vorbei – »schön, mein lieber Witte, daß Sie sich wieder einmal anschauen lassen!« –, mit

Tilius' geübter Suada und Lothar Wittes ebenso geübter, in ironischem Ton vorgebrachter, scheinbar gar nicht ernst gemeinter Frage nach einer möglichen Berufung in die Berliner Fakultät, so sorgfältig nach der akademischen Regel, daß Tilius nicht einmal eine direkte Ablehnung auszusprechen brauchte. In diesen Vorgang eingelassen ein schneller Wortwechsel, in dem es Ernst wurde, in dem – und sie wußten es beide – die Entscheidung fiel, nachdem Tilius gefragt hatte: »Worüber werden Sie im nächsten Semester lesen?« »Über einige Ausformungen der Spiritualenbewegung im späten dreizehnten Jahrhundert«, gab Lothar Auskunft. »Ramon Lull, Olivi und andere.«

»Sehr interessant«, sagte Tilius, aber Lothar spürte doch, wie sein Gesprächspartner unangenehm berührt war. Tilius nahm sich zusammen. »Ein ziemlich abseitiges Thema«, meinte er, »aber Sie werden sicherlich gewisse Parallelen zur heutigen Situation ...«, er brach ab, weil er sah, wie Lothar durch ein majestätisches Kopfschütteln bereits seine Antwort gab.

»Im Gegenteil«, sagte er, mit jener Ironie eines regierenden Fürsten, die ihm von seinen Kollegen stets so übelgenommen wurde, »mich reizt es gerade, Lagen zu zeigen, deren Bedingungen mit nichts anderem verglichen werden können. Überhaupt interessiert mich an einem Vorgang nur, zu untersuchen, inwiefern er einzigartig ist.«

Es war das Stichwort, mit dem Tilius sich aus der Affäre ziehen konnte, und Tilius ergriff es und begann, über die Berliner Situation zu extemporieren. Lothar hörte kaum zu, das Gespräch war schon zu Ende, er hatte sich selbst als Einzelgänger abgestempelt, als jener ewige Privatdozent, dessen geistesgeschichtliche Studien gelegentlich Aufsehen erregten, im ganzen aber doch zu ›abseitig‹ waren, um eine ordentliche Professur zu rechtfertigen. In Rezensionen nannte man ihn entweder einen ›begabten, oft genialen Außenseiter‹ oder, ins Abschätzige gewendet, einen ›bedeutenden Kopf, der sich in kleiner Münze ausgibt‹. Als Lothar bemerkte, wie sich in Tilius' Stimme etwas Schuldbewußtes und damit Ungeduldiges mischte, erhob er sich, um sich zu verabschieden. Der einzige Unterschied zwischen dieser Unterhaltung und den Gesprächen, die Lothar in vergangenen Jahren mit Tilius geführt hatte, bestand darin, daß er heute ein heftiges Verlangen spürte, in Berlin bleiben zu können. Noch seine letzte Bewerbung vor zwei Jahren war ihm als eine Herausforderung des Schicksals erschienen, wenn er an Melanie dachte, und die Ablehnung der Universität hatte ihn erleichtert aufatmen lassen, weil er damals angenommen hatte, nicht zusammen mit seinen Erinnerungen in dieser Stadt leben zu können. Das schien nun vorbei zu sein, und mit Bedauern dachte er daran, daß ihm Berlin verschlossen war. Vielleicht werde ich ein Gesuch machen, mich hier als Privatdozent niederlassen zu dürfen, dachte er noch vage, als ihn Tilius durch das Vorzimmer zur Türe begleitete.

Nachdem er sich bereits von dem Professor verabschiedet hatte, drehte Lothar sich in der geöffneten Türe wieder um, halb entschlossen, Tilius noch ein Wort wegen seiner privaten Um-Habilitierung zu sagen. Er erblickte die Sekretärin, wie sie lächelnd in Tilius' Zimmer sah und dabei die Gebärde des Trinkens machte. Lothar starrte sie einen Moment entgeistert an, er begriff nicht sogleich, sie wurde seiner Anwesenheit gewahr, und ihr Gesicht lief blutrot an, während die Gebärde ihrer Hand erstarb. Kalt vor Entsetzen ging Lothar den Universitätskorridor entlang. In der Halle unten mußte er sich einen Augenblick hinsetzen; er war weiß um die Nase herum.

3

Den Aufenthalt am Grenzkontrollpunkt Staaken benutzte Lothar dazu, die Cognacflasche aus dem Handschuhfach zu nehmen. Seine Mutter war bereits auf die Baracke der Grenzpolizei zugegangen, während er damit beschäftigt war, die Koffer aus dem Auto zu heben, und nachdem er mit einem halben Blick beobachtet hatte, wie sie in dem Gebäude verschwunden war, holte er die Flasche hervor, nahm verstohlen einen Schluck zu sich und steckte sie danach in seine Jackentasche. Ein Polizist sah ihm dabei zu, aber gleichgültig; Lothar konnte aus seiner Haltung nicht erraten, was er dachte. Unter den Blicken des Mannes trug er die Koffer in die Baracke. Die Vopos kontrollierten pedantisch und schweigsam das Gepäck, fanden aber in den Koffern seiner Mutter nichts, was sie zu Fragen veranlaßte; nur bei dem Inhalt von Lothars Aktenmappe – Bücher, Aufzeichnungen – hielten sie sich etwas länger auf und tauschten unter sich halblaute Bemerkungen aus, ehe sie ihm die Mappe mit dem Ausdruck einer gewissen Aufmerksamkeit zurückgaben. Am Ausgang instruierte sie ein Beamter über die Geschwindigkeitsbegrenzungen auf der Strecke und gab Lothar einen Merkzettel, auf dem angegeben war, innerhalb welchen Zeitraums er sich bei dem Kontrollpunkt Ludwigslust zu melden habe. Der Tag war noch immer sommerlich, bedeckt und hellgrau, als Lothar die Koffer wieder ins Auto lud. Nachdem seine Mutter eingestiegen war, bat er sie, noch einen Augenblick zu warten, und suchte die Toilette auf. Dort trank er noch einmal aus der Flasche, ehe er zum Auto zurückkehrte. Er spülte seinen Mund mit Wasser aus, aber nachdem sie schon eine ganze Strecke gefahren waren, sagte seine Mutter zu ihm: »Du hast getrunken, Lothar!«

»Nur einen kleinen Schluck Cognac, Mama«, erwiderte er. »Ich hatte ein flaues Gefühl im Magen.«

Er wußte, wie sie nun angestrengt darüber nachdachte, ob sie so weit gehen solle, die Flasche von ihm zu fordern, um sie bis zum Ende der Reise in Gewahrsam zu nehmen, aber er kannte seine Mutter sehr gut und setzte darauf, daß sie sich zu einer solchen Erniedrigung ihres Sohnes nur im äußersten Notfall entschließen würde, und er behielt recht. Aber vielleicht schwieg seine Mutter auch nur, weil ihnen – sie fuhren gerade an den nauener Kasernen vorbei – ein Truppentransport entgegenkam, Lastautos, in denen russische Soldaten standen. Obwohl es Sommer war, trugen sie lange Mäntel. Unbeweglich standen sie auf den Autos, ihre breiten Stahlhelme auf den Köpfen.

Als sie vorbei waren, wurde die Straße sehr still. Die Abstände, in denen sie anderen Autos begegneten, wurden immer länger. Lothar spürte, daß der Alkohol sich zwischen ihn und die Dinge – die Dinge im Auto und die Dinge außerhalb des Autos – gelegt hatte; er nahm sie, in seinen Fahrersitz zurückgelehnt wie in einen Theatersessel, aus einer gewissen Distanz wahr, was ihm ein trügerisches Gefühl von Sicherheit verschaffte; aber da er sich eben nur die Nase begossen hatte, war er sich durchaus klar darüber, daß seine Sicherheit ihren Grund in der ruhigen, fast unbelebten Straße hatte und in der herabgeminderten Geschwindigkeit, zu der ihn die Vorschrift zwang. Immerhin war es angenehm, die Wassergräben, Torfpyramiden und Birkenwege, an denen sie vorbeifuhren, aus einer Art königlichen und scharfsichtigen Abstands zu erblicken; Lothar nahm sogar den feinen Torfstaub wahr, der über dem Land lag; wie hatte Fontane ihn genannt? Lothar grübelte eine Weile, bis er sich erinnerte: als schnupftabakfarben hatte Fontane ihn bezeichnet.

»Das Luch!« rief Lothar plötzlich. »Mama, denk mal, wir fahren durch das Luch.«

»Unsinn«, sagte seine Mutter, »wir fahren auf Friesack zu. Das havelländische Luch liegt südlich von hier, und das Wustrauer Luch nördlich, in der Nähe des Ruppiner Sees.«

Sie kennt hier Weg und Steg, dachte Lothar, Kunststück, sie ist ja hier aufgewachsen; wie hieß das Kaff doch gleich, in dem ihr alter Herr als Pastor geatmet hatte? Stechow.

»Sollen wir nach Stechow fahren, Mama?« fragte er. »Es kann höchstens zwanzig Kilometer von hier sein.«

»Um Gottes willen«, wehrte sie erschrocken ab. »Mach keine Dummheiten, Lothar! Ich möchte diese Reise nicht in einem Zonengefängnis beenden.«

»Aber es wäre doch hübsch«, sagte er, um sie noch ein wenig in Aufregung zu versetzen, »wenn wir nachsehen würden, ob das Pfarrhaus noch steht, und die alte Kirche.«

»Es wäre gar nicht hübsch«, erwiderte sie. »Es wäre degoutant.« Sie schwieg; nach einer Weile sagte sie, das Thema abschließend: »In meinem Alter lebt man in Erinnerungen. Aber man läßt sich nicht mehr gerne an die Wirklichkeit erinnern.«

Sie griff nach ihrer Handtasche, und Lothar hörte, wie sie mit Papier raschelte.

»Tu mir den Gefallen«, sagte sie, »und iß einen Bissen.«

Lothar blickte auf ihre Hand, mit der sie ihm ein halbes belegtes Brot reichte. Sie war mager, und ihre Haut war mit braunen Altersflecken gesprenkelt. Er nahm das Brot und biß hinein.

»Ich weiß, du verträgst einen Schluck«, sagte sie, »aber es ist besser, du ißt etwas dazu.«

Er wußte, daß sie das Gegenteil von dem dachte, was sie sagte. Er wußte, sie dachte, daß er, wie alle Alkoholiker, keine zwei, drei Schlucke Schnaps mehr trinken konnte, ohne duhn zu werden. Deshalb gab sie ihm das Brot. Lothar fühlte den körnigen und butterigen Geschmack auf der Zunge, aber der Schinken, der zwischen den Scheiben lag, erfüllte ihn mit Ekel. Schon nach den ersten Bissen spürte er, wie das Brot ihm etwas von der kalten, klaren Stimmung wegnahm, in die der Cognac ihn versetzt hatte, und er legte die Scheibe angewidert neben sich auf den Sitz. Mit einem halben Blick nahm er wahr, wie seine Mutter ihn enttäuscht ansah und sich dann abwendete. Sie blickte auf die Landschaft, die er im vorgeschriebenen Tempo an ihr vorbeiziehen ließ. Wenn sie nicht so preußisch wäre, dachte er, dann würde sie jetzt weinen.

»Ich kenne das Luch lange nicht so gut wie du«, sagte er, um sie abzulenken und um ihr das Gefühl zu geben, er sei völlig nüchtern, »aber dafür kenne ich die Ruppiner Schweiz.« Er machte eine Pause, und nun begann er sich zu erinnern, während er Namen rezitierte: »Rheinsberg, Lindow, Zernikow, den Menzer Forst, den Molchowsee . . .«

Seine Mutter fiel ihm in die Rede. Sie begann einen Kindervers zu rezitieren, den sie Lothar gelehrt hatte, als er noch sehr klein gewesen war. »Ist's norderwärts in Rheinsberg Näh?« sagte sie, »ist's süderwärts am Molchowsee?«

»Ist's Rottsiel tief im Grunde kühl«, fuhr Lothar vergnügt fort, während seine Mutter schwieg und ihn glücklich ansah, »ist's Kunsterspring, ist's Boltenmühl? Ist's Boltenmühl, ist's Kunsterspring? Birgt Pfefferteich den Zauberring?«

Sie brachen beide in Gelächter aus über die komischen, unbeholfenen und zierlichen Namen und über die Tatsache, daß sie sich nach so vielen Jahren noch gemeinsam an den Vers erinnerten, den sie längst für versunken gehalten hatten.

Lothar schwieg als erster, weil die Namen ihn plötzlich an das Härteste an Melanie erinnerten; ja, die Namen besaßen eine Kraft, welche die Wirklichkeit nicht mehr aufbrachte, wie der Anblick der frohnauer Villa heute morgen bewiesen hatte. Die Wirklichkeit jenes Hauses hatte kein Gefühl mehr in ihm ausgelöst, während ihn die bloße Nennung von Namen wie ›Rheinsberg‹ oder ›Molchowsee‹ am Steuer des Opel fast erstarren ließ, ihn für einen Augenblick beinahe blind machte, denn die Namen erinnerten ihn an gewisse havelländische Spaziergänge mit Melanie, an Momente aus exotisch brauner Haut und Seide aus verschossenen reinen Farben, an Gesprächsfetzen, Schilfbuchten, Blicke, knarrende Kiefern, wehende Haare, an den Widerschein eines Schattens. Wie hatte seine Mutter vorhin gesagt? »Man läßt sich nicht gerne an die Wirklichkeit erinnern.« Sie war weise geworden, seine Mutter. Sie wollte das väterliche Pfarrhaus nicht wiedersehen. Sie wollte sich ihre Erinnerung nicht töten lassen.

Friesack kam ihnen unverändert vor, hinter ein paar SED-Transparenten wie stehengeblieben, erstarrt in einer Pose aus den Jahren vor dem Krieg, trotz eines Denkmals für Gefallene der Roten Armee, an dem ein russischer Posten Wache stand. Aber sonst: das Pfarrhaus, die Schule, das Schulzenamt, der Krug. Nichts Glitzerndes. Der Eck- und Kramladen mit einem kleinen Mohren und einer Girlande von Schwefelfäden in seinem Schaufenster. Sonst nur Dunkelrot, altes Lehmgelb, niedriges Grau unter dem hellgrauen Himmel. Ein Städtchen in der großen preußischen und slawischen Ebene. Vorbei.

Lothar geriet in Unruhe, wie immer, wenn er spürte, daß die Wirkung des Alkohols nachließ. Stöße einer faden Ernüchterung rissen ihn dann aus dem Dunst von Geborgenheit, den der Schnaps um ihn gewoben hatte. In der Gegenwart seiner Mutter konnte er nicht zur Flasche greifen und den beginnenden Kater hinunterspülen. Auf der stillen Straße hinter Friesack versuchte er krampfhaft die überlegene Stimmung festzuhalten, die der Cognac ihm einzuflößen pflegte, aber einzig die quälende Schärfe der Erinnerungen, die sich als Ortsnamen bei ihm gemeldet hatten, brachte es fertig, ihn von der Öde abzulenken, die sich in ihm ausbreitete. Stücke jener Zeit, die Lothar manchmal ironisch als seine ›heroischen Jahre‹ bezeichnete, glitten an ihm vorbei wie die Landschaft aus Torfbrüchen, Roggenfeldern, Eichenkratt, aus der sie sich erhoben, und ein unbezähmbarer Wunsch, jene Jahre wiederzufinden, jene Jahre und Melanie wieder an sich zu reißen, ein unvernünftiger Gedanke, gespeist aus halbem Rausch und halber Nüchternheit, ließ ihn sich in einem Augenblick auf der Straße hinter Friesack daran erinnern, daß in ein paar Kilometern eine Chaussee nach Norden abzweigte, durch das Rhin-Luch nach Neuruppin.

Er legte sich einen Plan zurecht, wie er seine Mutter ablenken würde, und als er von weitem schon die Straßengabel mit ihren Schildern wahrnahm, griff er wieder zu der Stulle und begann zu essen. Kurz vor der Kreuzung ließ er sie, wie unabsichtlich, fallen, und während seine Mutter sich bückte, um sie aufzuheben, indessen er am Steuer beschäftigt war, hatte er bereits den kritischen Punkt passiert und die Landstraße, die von der Interzonen-Chaussee abbog, eingeschlagen. Er sagte »Danke«, als sie ihm das Brot zurückreichte, nachdem sie es auf ihre penible Weise gesäubert hatte, und danach beobachtete er sie scharf aus den Augenwinkeln. Da sie selten Autoreisen machte, fiel es ihr nicht auf, daß die Straße schmaler geworden war, und sie nahm auch Abschnitte, die mit Kopfsteinen gepflastert waren, ja sogar ein offenes Sandstück, gleichmütig hin, bemerkte nur einmal, die Straße würde schlechter, schien jedoch keinen Argwohn zu schöpfen. Sie kamen durch mehrere Dörfer. Erst als sie an einem Dorfausgang auf ein Schild ›Neuruppin 15 Kilometer‹ stießen, wurde sie unruhig.

Sie griff nach Lothars Arm und sagte: »Wir sind auf der falschen Straße.«

Er antwortete nicht sogleich, und sie rüttelte nun an seinem Arm. »Auf der richtigen Straße kommen wir doch nicht nach Neuruppin«, sagte sie. »Du bist ganz falsch gefahren.«

Lothar spürte fast nichts mehr von der Wirkung des Alkohols, aber gerade in solchen Momenten war er stets erbittert wie über einen Verlust, erbittert und hemmungslos, und so machte er nicht einmal den Versuch, die Täuschung noch eine Weile zu verbergen.

»Ich fahre schon richtig«, sagte er ärgerlich. »Ich will einen kleinen Umweg machen.«

»Kehr sofort um, Lothar!« sagte die alte Dame, als sie begriffen hatte. Sie saß nun hoch aufgerichtet neben ihm. »Du weißt, wir sind registriert. Wenn wir nicht rechtzeitig an der Kontrolle sind . . .«

Sie brach ab, aus einem Gefühl der Würde, wie Erwachsene, die bemerken, daß sie die starrköpfige Ungezogenheit eines kleinen Jungen nicht sogleich brechen können, achselzuckend, doch nicht unverletzt, und voller Trauer.

»Nur ein ganz kleiner Umweg«, sagte Lothar, »wir kommen immer noch rechtzeitig zum Kontrollpunkt in Ludwigslust.«

Aber seine Mutter schwieg und er wußte, sie saß nach dem Augenblick ihrer Empörung nun sehr klein und ängstlich neben ihm. Ich benehme mich miserabel, dachte Lothar, ich werde drehen und zurückfahren; aber statt dessen fuhr er weiter.

Sie passierten Neuruppin, ohne angehalten zu werden. Beim Fontane-Denkmal standen zwei junge Polizisten und sahen dem Auto träge nach. Die kleine Stadt lag mit ihren weiten Plätzen leer im bleichen Mittag. Am Wall schlug Lothar die Chaussee ein, die zum Müritzsee führte, ins Mecklenburgische, weil seine Erinnerung sich allmählich auf ein Waldstück versammelte, das in der Nähe eines Dorfes namens Klink lag und dort ein Seeufer bildet, an dem er einmal einen Nachmittag mit Melanie verbracht hatte. Er hätte ebensogut nach Rheinsberg oder zu einem halben Dutzend anderer Orte fahren können, denn die ganze Gegend war belebt von Erinnerungen an Ausflüge mit Melanie – manchmal allein mit ihr, manchmal in Begleitung ihres Mannes und der Kinder, wenn Richard Brahm sich mühselig hatte überreden lassen, mitzukommen –, aber aus irgendwelchen Gründen, vielleicht aus purem Zufall, hatte sich Lothars Gedächtnis in der letzten Viertelstunde auf jenen Nachmittag an einem See bei Klink kapriziert, und so lenkte er den Opel weiter nach Norden.

Als sie sich wieder in der freien Landschaft befanden, blickte er in den Rückspiegel, um sich zu vergewissern, daß ihnen kein Auto folgte. Die Chaussee war vollständig leer.

Er hörte, wie seine Mutter etwas sagte, aber er faßte, ganz in seine Gedanken versunken, die Worte kaum auf.

»Das wird ein böses Ende nehmen«, sagte sie. Ihre Stimme, spröde und alt, zerbrach die Worte wie Reisig.

4

Lothar erkannte den Platz, den er suchte, nur mit einiger Anstrengung wieder, eigentlich nur daran, daß er den See von rechts her schimmern sah, als er den Wald hinter Klink erreicht hatte. Er stoppte, um sich zu orientieren. Der Wald war, wie damals, als er mit Melanie hier gewesen war, hoher Buchenwald mit glatten Stämmen und hellgrünen Blättern, Blättern, die noch etwas von ihrer Frühlingshelligkeit behalten hatten, und der See schimmerte dort, wo das Unterholz am Waldrand den Blick freigab, von rechts herauf, aber trotzdem schien irgend etwas sich verändert zu haben. Lothar schob es schließlich auf die Art der Annäherung: mit Melanie war er zu Fuß vom Dorf Klink her gekommen, eine Badetasche tragend, während er heute mit dem Auto angereist war – das ergab eine Verschiebung der Perspektiven. Außerdem, so erinnerte er sich, war der Vorkriegstag mit Melanie ein windiger und sonniger Tag gewesen, während heute stilles, bedecktes Wetter herrschte; seinerzeit hatte der See geblitzt, indes er heute nur eben schimmerte, graublau unter einer warmen Luft, die gestockt schien wie Milch in einer Schüssel. Lothar fand die Schneise wieder, die er mit Melanie zum See hinunter gegangen war; er lenkte das Auto hinein und fuhr vorsichtig auf ihr entlang. Es gelang ihm, den Wagen am Ufer so hinter ein paar Büschen zu parkieren, daß er von der Straße aus nicht gesehen werden konnte. Während des ganzen Manövers gab seine Mutter keinen Laut von sich; als er den Motor abgestellt hatte, stieg sie ruhig aus, breitete ihren Mantel über einen Baumstumpf, stellte ihre Handtasche daneben, setzte sich und betrachtete den See, der nicht sehr groß war, aber doch immerhin so groß, daß er einen Eindruck von Weite vermittelte. Am gegenüberliegenden Ufer waren Felder und Laubwälder zu sehen, aber keine Häuser. »Es ist fast schon mecklenburgisch hier«, sagte Lothar, »obwohl wir noch in der Mark sind.« Aber seine Mutter erwiderte nichts darauf.

Lothar erinnerte sich, daß er ganz genau den gleichen Satz seinerzeit zu Melanie gesagt hatte, aber diese Erinnerung war nur ein mechanisches Einrasten seines Gedächtnisses; sie ergab kein Bild von Melanie, obwohl er sich angestrengt bemühte, es sich vor den Hintergrund des Ortes zu projizieren, an dem er sich befand. Schließlich zog er die Flasche hervor und prüfte sie. Er hatte sie gestern in Berlin gekauft, es war eine handflache, leicht gewölbte Viertelliterflasche französischen Cognacs, und sie war noch bis über die Hälfte gefüllt; in Anwesenheit seiner Mutter setzte er sie nicht einfach an den Mund, sondern er goß den Cognac in den Aluminiumbecher, der als Schraubverschluß diente, und trank ihn vorsichtig leer.

Sie hörten schon von weitem das Geräusch eines Autos, das sich näherte, und hielten den Atem an. Lothar wandte sich um und blickte zur Straße hinauf, aber er konnte keine Spur von dem Auto erblicken, während es vorbeifuhr; die Büsche nahmen ihm jegliche Sicht.

»Wir sind in voller Deckung«, sagte er, während das Geräusch sich entfernte und sich neuer Motorenlärm ankündigte. Diesmal mußte es ein Lastauto sein, das mit schwerem Schüttern an ihnen vorbeikam. Aber danach wurde es stumm, sie waren wieder allein, und der lautlose Tag lag unbewegt im milchigen Licht über Wasser und Schilf.

Die Situation und das Wort ›Deckung‹ lösten vage und abenteuerliche Gedanken in Lothar aus. »Wir sind Partisanen«, sagte er, und sein Gesicht verzog sich zu einem halben Grinsen. »Beinahe fühle ich mich wie ein Soldat«, sagte er, nach einer Pause. »Eigentlich komisch, daß ich ganz friedlich durch den Krieg gekommen bin, findest du nicht?«

Seine Mutter schwieg noch immer hartnäckig, und er fuhr fort, laut zu denken, ohne sich um sie zu kümmern; schon begann der Alkohol sich wieder in ihm zu verteilen wie eine leichte, seinen Geist beruhigende Last. »Glänzend durch den Krieg gekommen«, sagte er, den ihm wohlbekannten preußischen Kasino-Jargon markierend, indem er die g's als jot's akzentuierte und die Schlußsilben der Verben verschluckte, »nie Soldat gewesen, immer die Stellung gehalten, immer 'ne ruhige Kugel geschoben.« Er wußte, wie sehr diese Tour seine Mutter erbitterte, aber es befriedigte ihn eine Weile, sich boshaft zu zeigen, bis er plötzlich damit aufhörte. »Zum erstenmal in meinem Leben liege ich irgendwo in Deckung«, sagte er nachdenklich und ratlos.

Sein Vater hatte nicht von ihm verlangt, er solle Berufsoffizier werden, sondern er hatte die geistigen Interessen seines Sohnes respektiert. Als dann sein ganzer Stand ins Zwielicht geraten war, hatte Lothar ihn erpreßt: dank der Beziehungen seines alten Herrn war Lothar vom Militärdienst freigestellt worden.

»Ich war ein Drückeberger«, sagte er, »und ich habe Papa gezwungen, mir dabei zu helfen. Erinnerst du dich noch?«

Sie sprach noch immer nicht. Lothar wußte, wie sehr er sie verletzte, indem er sie an diese Dinge erinnerte. Der Verfall des älteren Witte war schließlich zu einem nicht geringen Teil das Werk seines Sohnes gewesen; Lothar hatte seinen Vater zu einem Akt der Korruption veranlaßt, wie er einem Offizier auf keinen Fall anstand; dem Regime gegenüber konnte der Alternde noch die Maske eines preußischen Oberstleutnants wahren, aber sie war zerfallen, als Lothar ziemlich rücksichtslos an das empfindliche Gewissen ihres Trägers appelliert und seinen Wunsch, sich zu drücken, im Kreis der Familie zu einer politischen Frage hochgespielt hatte. Vielleicht war so der Blick entstanden, den jene vor dem Gefecht bei Szamotuly gemachte Fotografie von Lothars Vater zeigte: ein mißfälliger und arroganter Blick, ein Blick voll kaltem und abweisendem Interesse, ein gebrochener Blick.

Seine Mutter raffte sich endlich auf, etwas zu sagen. »Wollen wir nicht weiterfahren?« fragte sie. »Laß uns zurückfahren, Lothar, so schnell wie möglich! Wenn wir Glück haben und uns die Polizei nicht anhält, dann kommen wir vielleicht noch rechtzeitig auf die Chaussee nach Hamburg zurück.«

»Es wäre besser gewesen, Papa hätte mich nicht freistellen lassen«, sagte Lothar. »Wenn er gewußt hätte, was ich tun mußte, nur, um nicht Soldat werden zu müssen!«

Sie hatten ihm erlaubt, sich zu drücken, und weil er Historiker war, hatten sie ihn zum Dienst im Kriegsarchiv verpflichtet. Als Soldat, dachte Lothar, ins Schilf des Klinker Sees starrend und leicht alkoholisiert, wäre ich wenig mehr als ihr Opfer gewesen; als Archivar war ich ihr getreuer Diener. Er wischte, wie immer, die Erinnerung an gewisse Dokumente weg, die er damals gelesen hatte. Er hatte sie gelesen, benommen von Schauder, und dann hatte er sie katalogisiert. Er war weder ein Täter noch ein Opfer gewesen, sondern einer, der sich von der Tat wie vom Opfer drückte; aber man hatte ihm nicht erlaubt, sich gänzlich zu drücken, sondern ihn gezwungen, die Summe der Leiden wenigstens zu registrieren. Er war ein Buchhalter der Unmenschlichkeit gewesen: die schäbigste aller Rollen.

»Alles, was du getan hast, hast du Melanies wegen getan«, sagte seine Mutter. »Du warst ein Drückeberger, um ihr nah zu sein. Du hast dich ins Kriegsarchiv kommandieren lassen, um in Berlin bleiben zu können, bei Melanie. Sie war dein böser Geist.«

Er blickte sie überrascht an. Noch nie hatte seine Mutter sich erlaubt, in dieser Weise von Melanie zu sprechen. Sie hatte nicht nur niemals so von Melanie gesprochen, ihre Taktik war es vielmehr gewesen, überhaupt nicht zu seinem Verhältnis mit Melanie Brahm Stellung zu nehmen. Was bewog sie auf einmal, jetzt, da alles vorbei war, zu reden?

»Dabei war Melanie gar nicht böse«, sagte sie. »Ich habe sie immer gern gemocht. Eigentlich war sie eine gute Frau.« Sie machte eine Pause und rang sichtlich um den passenden Ausdruck. »Ich meine damit«, sagte sie schließlich, »sie war zur Güte veranlagt. Ihr habt sie nur falsch behandelt, du und Brahm. Vielleicht wäre sie bei euch geblieben, wenn sie nicht gesehen hätte, daß alle eure Entschlüsse schließlich von ihr abhingen.« Wieder schwieg die alte Frau, ehe sie fortfuhr: »Vielleicht wäre sie dir nach dem Krieg nicht fortgelaufen, wenn du dich ganz einfach als Soldat hättest einziehen lassen. Sie hat gespürt, daß du ein verlogenes Leben auf dich genommen hast, nur, um dich nicht von ihr trennen zu müssen. Glaub mir, das verträgt keine Frau, und Melanie schon gar nicht!«

Lothar konnte die Stimme nicht mehr ertragen, und nicht mehr die Worte, die sie bildete. Er ging eine Strecke am Seeufer entlang und legte sich in eine geschützte Mulde aus trockenem Kieselboden. Dort begann er endgültig zu trinken, langsam, regelmäßig und in kleinen Schlucken, die er im Mund zergehen ließ.

5

Man fuhr damals noch nicht Auto; jedenfalls in den Kreisen, zu denen Brahm und Lothar Witte gehörten, besaß man damals, vor dem Krieg, keine Autos, und so kamen Lothar und Melanie zu Fuß vom Bahnhof des Dorfes Klink her, wohin sie mit dem Personenzug gefahren waren, nachdem sie in Rheinsberg übernachtet hatten. Lothar trug – aufs neue erinnerte er sich ganz deutlich daran – eine Tasche aus dunkel- und hellbraun gestreiftem Leinen, in dem sich ihr Badeanzug und ihre Toilettenutensilien befanden, und er grübelte, während er den Geschmack des Cognacs auf seiner Zunge zergehen ließ, darüber nach, wo jene Stütze seines Gedächtnisses wohl geblieben war; wahrscheinlich lag sie angestaubt, verschossen und unansehnlich, auf dem Speicher der frohnauer Villa. Er hielt sich ganz still in seiner Kiesmulde und wartete ab, aber in jenem fernen, windigen und sonnigen Tag, dessen Gegenwart er sich herbeiwünschte, blieb zu seiner Verwunderung die Badetasche der einzige Gegenstand, der sich bewegte, der lebendig war, während die ebenso genaue Erinnerung daran, daß Melanie bei diesem Ausflug ein sportliches Kleid aus steingrauer Waschseide getragen hatte, belanglos erschien: eine mechanische Notiz, weiter nichts. Seine Mutter hatte recht: Schauplätze aufzusuchen, war nicht die rechte Form, um Erinnerungen zu beschwören. Der Abstecher in die nördliche Mark war so nutzlos, wie er gefährlich war. – Es war also ausgestanden, Lothar rekapitulierte sich die Feststellung, die er schon am Morgen, im Auto auf seine Mutter wartend, getroffen hatte: daß vierzehn Jahre später eben alles ausgestanden war, ausgestanden sein mußte: Melanies Flucht und die Jahre vorher und jeder einzelne Moment dieser Jahre.

Er fragte sich, ob er noch zu nüchtern sei, um seinem Gedächtnis den Dreh zu geben, den es nötig hatte, damit die Türe sich aufschlösse, hinter der Melanie stand und – vielleicht! – auf ihn wartete; er trank deshalb wieder aus der Flasche, aber es half nichts, und er wußte schon, während er trank, daß es nichts nützte, wenn er sich vollaufen ließ: es gab überhaupt keine Türe, weil es nicht einmal eine Wand gab, die ihn von Melanie trennte. Es gab nur einen großen leeren Raum um ihn, einen Raum, der dadurch gekennzeichnet war, daß Melanie in ihm vollständig abwesend blieb.

Wie oft in solchen Fällen, versuchte Lothar, sich auf die Sprünge zu helfen, indem er begann, Daten zu registrieren: im Jahre 1938 war es eine dreiundzwanzigjährige Melanie gewesen, die mit ihm an den Klinker See spaziert war – er hatte sie im Februar 38 auf einem privaten Kostümfest in irgendeiner Grunewaldvilla kennengelernt –, sie war damals schon im dritten Jahr mit Richard Brahm verheiratet und hatte das Jahr zuvor ihr erstes Kind bekommen, den kleinen Andreas, der jetzt vierundzwanzig Jahre alt war, der inzwischen ein paar Semester Soziologie und Volkswirtschaft und Geschichte studiert hatte, um sich schließlich unentschlossen und lustlos und hochtalentiert bei irgendeiner Europa-Behörde in Brüssel beschäftigen zu lassen. Die Daten begannen, sich über dem Strohgelb der Feldergevierte, der Quadrate aus Laubwaldgrün auf dem jenseitigen Ufer des Klinker Sees in Gruppen zu ordnen. Als der Krieg ausgebrochen war, ein Jahr nach dem 38er Ausflugssommer mit Lothar, war dann Lothars Sohn Günther geboren worden, ein Junge, der sich merkwürdigerweise für praktische Fragen interessierte, Typografie erlernt hatte und, mit seinen zweiundzwanzig Jahren, schon als grafischer Fachkaufmann arbeitete. Mitten im Krieg, 1943, gab es dann noch einmal ein Kind, Richards Tochter Marianne; sie war nun achtzehn Jahre alt, ähnelte ihrer Mutter und würde nächstes Jahr ihr Abitur machen. Das hörte sich an, dachte Lothar, als sei alles ganz glatt gegangen mit den Kindern, aber in Wirklichkeit war es eine harte Sache für Richard und mich, die Kinder waren so schwierig, wie Kinder nur sein können – gibt's überhaupt Kinder, die nicht schwierig sind? –, aber unsere sind schon besonders kompliziert gewesen, und eigentlich sind sie es noch, aber sie sind nun groß und helfen sich selbst weiter. Es war ein Kreuz gewesen mit den Kindern. Lothar trank wieder, und dann dachte er, dieser See sei wirklich schon eher mecklenburgisch als märkisch, ehe er dachte: es muß ein wunderbares Gefühl für Melanie gewesen sein, drei Kinder und zwei Männer zu verlassen. Sie war zweiunddreißig, als sie im Oktober 47 verschwunden war, spurlos. Die Kinder waren damals zehn, acht und vier Jahre alt gewesen. Sie hat uns ganz schön im Stich gelassen, dachte Lothar, sie ist jetzt sechsundvierzig; wie fühlt sich eine Frau mit sechsundvierzig, wenn sie sich erinnert, daß sie irgendwo drei Kinder hat, drei Kinder, von denen sie nichts weiß? Während er trank, war sich Lothar im klaren darüber, daß er Melanie haßte.

»Komm, wir wollen schwimmen gehen«, sagte Melanie zu ihm, und er wunderte sich nicht einmal darüber, daß er sie nun doch plötzlich neben sich hatte. Sie saß neben ihm, in ihrem weißen Badeanzug, hielt ihre an den Körper gezogenen Beine umschlungen und spähte auf das Wasser hinaus.

»Ich möchte noch einen Moment warten«, hörte er sich sagen. Er blickte an seinem nur mit einer Badehose bekleideten großen Körper hinab, dessen Fleisch schon damals eine

Tendenz zum Zerfließen hatte. Lothar war nicht dick, aber sein mächtiger Körper hatte etwas Ungestaltes; niemals hatte er Konfektion tragen können. Unter dem grauen heißen Wolkenlicht betrachtete er seine Haut, die nicht bleich war, sondern fast farblos, die farbig ungenaue Haut seines großen, trägen Körpers, dem es immer einen Angang bedeutete, sich seiner Muskeln zu erinnern, der sich gerne zurückzog, reglos blieb. Sein schweres Fleisch wollte noch einen Moment warten, ehe er sich ins Wasser stürzte, aber als er zu Melanie hinübersah, bemerkte er, daß das Licht gewechselt hatte, es war nun nicht mehr das neutrale Halbschattenlicht einer gleichmäßigen, hohen Wolkendecke, unter der es dunstig heiß gewesen war, heute den ganzen Tag, sondern es war das ostwindtiefe Leuchten jenes dreiundzwanzig Jahre alten Tags, das aus Tafelstücken von ultramarinblauem Himmel, Weizenchromgelb und dem indonesischen Batikbraun von Melanies Beinen, Armen und Schultern zusammengesetzt war, mit dem weiß ausgesparten Fleck ihres Badeanzugs darin – eine Gouache wie vom frühen Pechstein. Melanies Haare hingen ihr, zu einem Pferdeschwanz gebunden, den Rücken hinab. Ihre ganze Haltung war ein einziges Spähen, eine gespannte Gier nach dem Element, und so blieb Lothar nichts anderes übrig, als sich zu erheben. Sie tänzelte ihm voraus, über den schmalen Strand aus runden Kieseln, warf sich mit einem Schrei in die vom Wind dunkel überflogene Flut und begann, auf dem Rücken zu schwimmen, lautlos und fischhaft seidig. Einmal im Wasser, wurde auch Lothars Körper geschmeidig, wurde zum Körper eines langsamen, eleganten, schweren Wassertiers. Er schwamm weit in den See hinaus und betrachtete von dort aus das Ufer, den Buchenwald und die Flut, in der sich weiße Wolken spiegelten, langhinegzogen.

Unvermutet tauchte Melanie neben ihm auf, sie war eine Strecke unter Wasser geschwommen und schüttelte nun die Tropfen aus ihren glatten dunkelbraunen Haaren. Wortlos umschwammen sie sich eine Weile, bis Melanie sagte: »Hier muß es tief sein.« In ihre Augen trat eine schnelle, unvernünftige Angst, und sie schwamm näher zum Ufer, wo sich die Angst verlor und sie sich noch lange im Wasser umhertrieben.

Als sie nachher am Ufer lagen und ihre Körper in der Sonne trocknen ließen, sagte Melanie nicht, was sie in späteren Jahren manchmal gesagt hatte: »Schade, daß Richard nicht dabei ist.« Zu einer solchen Bemerkung war ihre und Lothars Bekanntschaft damals, im Sommer ihres ersten Jahres, noch zu jung gewesen; auch wenn vom ersten Augenblick an ihr Arrangement zu dritt selbstverständlich gewesen war, so bedauerte es Melanie sicherlich nicht, daß Richard Brahm keine Neigung zu Landschaften und Wanderungen hatte, sondern mit Melanie lieber gelegentlich eine Nacht in einer Bar verbrachte, um ungestört mit ihr über seine Geschäfte reden zu können, die Geschäfte eines versierten und verwegenen Kaufmanns, der es liebte, Produktivkräfte zu entfesseln. Melanie hatte Sinn für beides: für die ›Black-Bottom‹-Bar sowohl wie für den Klinker See, für Richards Geschäfte ebenso wie für Lothars introvertiertes und gespanntes Verhältnis zur historischen Wissenschaft. Die beiden Männer hatten sich wortlos verständigt, nachdem sie herausgefunden hatten, daß sie Sympathie füreinander empfanden; auch ihre politische Einstellung verband sie miteinander, und instinktiv spürten sie, daß in ihrem Vertrag über Melanie etwas lag, was dem Zug der Zeit zu Macht, Gewalt und Besitz, zu Unterdrückung und gemeinem Hang nach Unfreiheit widerstand. Aber die Zeit wurde dunkler, auch wenn es Tage wie diesen gab: Liebestage an Ostwindufern.

»Eines Tages werde ich euch aber verlassen, dich und Richard«, sagte Melanie. »Ganz bestimmt werde ich euch verlassen.«

Lothar griff wieder nach der Flasche. Die Luft war nicht mehr angenehm halbschattig, sondern nur noch schmutzig hellgrau, weißgrau, ekelhaft farblos. Seine Mutter saß noch immer auf ihrem Baumstumpf, streng und bekümmert; er konnte sie sitzen sehen, durch Gebüsch hindurch, unbeweglich. – Dann war wieder der andere Tag da, das Deckfarbenbild.

»Warum?« fragte er. »Was fällt dir ein? Du hast keinen Grund dazu.«

Sie lagen nebeneinander, Lothar auf dem Rücken und Melanie auf dem Bauch; sie hatte den Kopf auf ihre verschränkten Arme gelegt und grübelte in ihre Armbeuge hinein, dann hob sie ihn hoch, blickte über den Wald hin und sagte: »Der Krieg wird kommen. Und nach dem Krieg wird eine ganz andere Zeit kommen. Wenn die andere Zeit kommt, werde ich euch verlassen.«

Er spürte die runden Kiesel unter seinem Rücken. Auch damals hatte er schon getrunken, wenn auch mit Maßen. Er erinnerte sich nicht, was er Melanie geantwortet hatte. Übrigens hatte sie solche und ähnliche Bemerkungen öfters gemacht; er hatte ihr also eigentlich nichts vorzuwerfen – sie war von Anfang an ehrlich gewesen. Er hatte keinen Grund, sie zu hassen. Trotzdem haßte er sie. Er war jetzt so betrunken, daß er wieder einmal wußte, warum er sie haßte: weil er niemals herausbekommen hatte, weshalb sie ihn und Richard Brahm und die Kinder verlassen hatte, 1947, im Oktober.

Richard und Lothar hatten diese Frage während der Jahre, in denen sie noch über Melanie gesprochen hatten, zum Gegenstand beinahe wissenschaftlicher Erörterungen gemacht. Natürlich erwogen sie als erstes, ob ein anderer Mann die Ursache von Melanies Entschluß war, aber sie hatten nicht eine einzige Spur gefunden, die in eine solche Richtung wies. War es Lothars Trunksucht, Richards verwegene Geschäftemacherei, die sie schließlich verstörte? Melanie war keine Frau, die einen Mann nicht so, wie er war, akzeptierte oder ablehnte, und sie hatte Richard und Lothar angenommen, hatte mit ihnen gelebt und die Vorzüge ihrer Schattenseiten begriffen: die wilde Großzügigkeit, die in Lothars Hang zum Alkohol, in Richard Brahms riskanten Spekulationen zutage trat. War es also wirklich nur eine Art von heftiger und naiver Lebensneugier, von beinahe stummem Glauben daran, daß mit einer neuen Zeit ein neues Leben begonnen werden müsse, was Melanie zu ihrem Absprung bewegte? Lothar konnte es nicht glauben. Nicht einmal die Tatsache, daß sie trotz aller Bemühungen der beiden Männer, sie aufzustöbern, gänzlich unauffindbar blieb, hatte seinen Unglauben erschüttert.

Hatte also seine Mutter recht? ›Vielleicht wäre sie bei euch geblieben, wenn sie nicht gesehen hätte, daß alle eure Entschlüsse schließlich von ihr abhingen.‹ – ›Alle eure Entschlüsse‹ – das hieß im Denken seiner Mutter natürlich: der Entschluß Lothars, seinen Vater zu einer unredlichen Handlung zu zwingen, das bedeutete für sie: die verächtliche Melancholie, die den Oberstleutnant Witte in den Soldatentod getrieben hatte. ›Sie hat gespürt, daß du ein verlogenes Leben auf dich genommen hast, nur, um dich nicht von ihr trennen zu müssen.‹ Ja, sie hatten das wohl getan: ein verlogenes Leben geführt, Lothar als Buchhalter des Todes, und auch Richard, der schließlich mit dem Krieg Geschäfte gemacht hatte. Aber hatte Melanie sie verlassen, weil sie um ihretwillen etwas auf sich genommen hatten, oder aus einem noch viel tieferen Grunde, den seine Mutter nicht begreifen konnte: weil in Melanies blinde Vorstellung von einer ganz und gar neuen Zeit Lothar und Richard nicht hineinpaßten, weil das Neue, das sie im Abgrund der dunklen Zeit erwartete, nicht mit zwei Männern geteilt werden konnte, die sich mit dem Alten die Hände schmutzig gemacht hatten? Ob sie nun wohl im Neuen lebt, in der reinen Zeit, dachte Lothar. Ich lebe noch immer in den alten Verhältnissen. ›Zum erstenmal in meinem Leben liege ich irgendwo in Deckung‹, hatte er vorhin gesagt. Aber das stimmte nicht. In Wahrheit hatte er sein ganzes Leben lang in Deckung gelegen. Er blickte um sich. In Preußen lag man immer in Deckung. Hoffentlich hatte Melanie da, wo sie jetzt lebte, das Neue gefunden, in dem sie sich frei und aufrecht bewegen konnte.

Er wollte aufstehen, um seine Mutter zur Rede zu stellen, sie noch einmal zu fragen, wie sie dazu käme, Melanie in einem Atem als ›bösen Geist‹ und ›gute Frau‹ zu bezeichnen, aber die Schwere des Alkohols hielt ihn fest. Melanie war längst verschwunden, und nur einmal noch erblickte er sie, wie sie am Ufer stand. Sie hatte ihr Kleid wieder an, ein Kleid aus steingrauer, verschossener Waschseide, sie stand barfuß, mit dem Rücken zu Lothar, am Ufer und wrang ihren weißen Badeanzug aus. Ihre Haare glänzten naß und glatt, offenbar war sie noch einmal im Wasser gewesen.

Eine Bewegung aus Schlankheit und Südseebraun – einem an norddeutsche Sommerseen versprengten Tahitibraun –, aus steingrauer Seide und Sehnsucht nach einer neuen Zeit rann über ihren Körper wie Wasser, geschmeidig und feucht.

Lothar, betrunken am Waldrand sitzend, spürte, wie diese Geste die tiefste Absicht seines Lebens, seinen Wunsch, ein Leben in angenehmem Halbschattenlicht zu verbringen, reglos im stillen Licht zu verweilen, zu beobachten, nachzudenken, ein für allemal vernichtete. Ein sekundenschneller Bewegungsablauf, der aus nichts bestand als aus Hautbräune und Wasserleuchten, war mächtiger gewesen als der Zug, der in seinem Charakter am stärksten ausgebildet war. Das Bild zerging – Melanie hatte sich nicht mehr zu ihm umgewendet –, und Lothar blickte auf die Flasche, in der sich noch immer ein Rest Cognac befand. Auch das da besaß Gewalt über ihn, hatte seinen Hang zu einem Dasein an diskreter, unauffälliger Beleuchtung, seinen Vorsatz, sich in neutralen Zonen aufzuhalten, zerstört.

Es gelang ihm schließlich, sich zu erheben. Er verschloß die Flasche und steckte sie in die Tasche. Da er bemerkte, wie betrunken er war, ging er bis zum Wasserrand, benetzte seine Hände und schöpfte auch Wasser, das er sich übers Gesicht schüttete. Er trocknete sich mit dem Taschentuch ab. Dann ging er zu seiner Mutter zurück, wobei er sich Mühe gab, nicht zu schwanken. Sie sah zu ihm auf.

»Was hast du eigentlich gemeint«, fragte er, »vorhin, mit dem, was du über Melanie sagtest?«

Es gelang ihm, den Satz zusammenhängend herauszubringen, aber er wußte nicht, daß in seinem Ton der rauhe, tiefe Klang der Trunkenheit lag, der Klang einer betrunkenen Drohung.

Seine Mutter fürchtete sich nicht. Sie stand auf.

»Gib mir die Flasche, Lothar«, sagte sie. »Du hast genug gehabt.«

Es sah einen Augenblick aus, als wolle er sie schlagen. Natürlich hätte er sie niemals geschlagen, nicht einmal im schlimmsten Rausch, aber die Szene sah wüst aus, zerfahren und häßlich im hellen, heißen, sonnenlosen Licht.

»Ich bin ganz in Ordnung«, sagte Lothar wütend. »Ich bin kein Kind mehr. Ich bin nicht mehr dein Kind.«

6

Sie achtete überhaupt nicht auf sein Gerede.

»Ich habe vor ein paar Tagen einen Brief bekommen«, sagte sie, »einen Brief von Melanie. Das ist der Grund, warum ich dich heute früh warten ließ, Lothar, nicht weil ich noch meine Handschuhe zu suchen hatte. Ich stand herum und überlegte, ob ich den Brief mitnehmen sollte, um ihn dir zu geben.«

Es gab für Lothar auf einmal nur noch die Gestalt seiner Mutter. Sie trug ein unauffälliges graues Jackenkleid, eine rechte Witwenkleidung, aber es kam ihm vor, als sei sie aus greller Pappe ausgeschnitten und auf einen Grund von weißem Papier geklebt. Die Welt um seine Mutter herum war leer und weiß.

»Und?« fragte er gespannt. »Hast du ihn mitgenommen?«

Er sah, daß sie nickte. Nachdem er sie eine Weile angestarrt hatte, sagte er: »Gib ihn mir!«

»Gib mir die Flasche«, sagte sie, »und versprich mir, daß wir sofort zurückfahren! Dann gebe ich dir den Brief.«

Er schwankte, als er einen Schritt vorwärts tat und nach der Tasche griff, die immer noch neben dem Baumstumpf auf dem Stein- und Grasboden stand. Während er sich bückte, spürte er das Gefühl von kreisender Schwere in seinem Kopf.

Es geschah etwas Merkwürdiges: seine Mutter begann, um die Tasche zu kämpfen. Während er das alte braune Lederding schon in den Händen hielt, klammerte sie sich daran und begann stumm daran zu zerren. Sie sah ihn dabei verzweifelt an; auch in ihren Augen lag etwas Zerrendes, ein Ausdruck der Verzweiflung und wilder, ratloser Erniedrigung. Lothar hatte seine Mutter noch nie außer sich gesehen; er war so überrascht, daß er beinahe für einen Augenblick nüchtern wurde. Verblüfft ließ er die Tasche fahren.

Sie standen sich noch gegenüber, Lothar mit offenem Mund, seine Mutter schwer atmend von der Anstrengung, einem Betrunkenen ihre Tasche entrissen zu haben, als es im Ufergebüsch raschelte. Im Bruchteil einer Sekunde trat in ihre Augen Wachsamkeit, und Lothar wandte sich um, während seine Mutter an ihm vorbei auf eine Stelle im Gebüsch starrte, an der eine Bewegung sich ankündigte.

Dann trat ein Mann hervor. Er war untersetzt und ihnen beiden auf der Stelle unsympathisch, obwohl er sich als freundlich erwies. In mecklenburgischem Platt sagte er: »Ich hab was gesehen, als ich auf der Straße lang ging. Dachte mir, da steht 'n Auto.«

Er trug einen blauen Anzug, als ginge er zu einer Festlichkeit oder zu einer Beerdigung, und auf dem Kopf eine Schiffermütze. Aufmerksam und fachmännisch betrachtete er das Auto, besonders das Nummernschild.

»Sie kommen aus dem Westen«, stellte er fest.

»Ja«, sagte Lothar, »wir sind auf der Reise zu Verwandten.«

Der Mann nickte. Er hatte ein glattes, fettes und festes Gesicht. Obgleich es heiß war, schien er in seinem blauen Anzug nicht zu schwitzen. Seine Augenbrauen waren weißblond, seine Augen von kaltem Porzellanblau, und seine Lippen waren ein wenig aufgeworfen; Lothar hatte das Gefühl, daß der Mann mit seinen Lippen schmatzen konnte.

»Wo wollen Sie denn hin?« fragte er, so beiläufig, daß Lothar spürte, wie er dahinter schmatzte.

Lothar war überrumpelt von der Frage; er brauchte ein paar verhängnisvolle Sekunden zu lang, um sich in seinem Rausch zu sammeln; schließlich brachte er den nächstbesten Namen heraus, der ihm einfiel: Prenzlau.

Der Mann nickte, sichtlich befriedigt darüber, daß er seine Opfer in den Händen hatte.

»Prenzlau«, sagte er. Er wog den Namen im Geiste ab. »Da sind Sie aber ganz falsch gefahren, wenn Sie von der Chaussee nach Berlin kommen. Sie sind ja viel zu weit westlich. Warum sind Sie nicht über Oranienburg gefahren?«

»Wir wollten einen kleinen Umweg machen«, erwiderte Lothar.

Es mußte sich jetzt sogleich herausstellen, ob der Mann ein Feind war oder nicht. Lothar war gefaßt darauf, daß er im nächsten Moment einen Polizeiausweis herausziehen würde.

»Umwege sind gefährlich«, sagte der Mann. Und nach einer Pause fügte er hinzu: »Bei uns!«

Die Spannung war noch immer nicht gelöst. Der Mann zog sie in die Länge, indem er zum Wasser ging, einen flachen Stein aufhob und, nachdem er ihn geworfen hatte, zusah, wie er ein paarmal über die Fläche schnellte, ehe er versank. Offenbar war er ein Meister im Stein-Flitschen. Das ist ein geiler Hund, dachte Lothar, betrunken wie er war, ein geiler Hund von einem Spitzel. Er blieb aufrecht stehen und bemühte sich, bewegungslos zu bleiben, um dem Mann nicht zu verraten, in welchem Zustand er sich befand. Seine Mutter stand regungslos da, in ihrer knappen und hochmütigen Haltung, die ihr zur zweiten Natur geworden war.

Der Mann kam zurück.

»Wenn Sie lieber nach dem Westen zurück wollen«, begann er, und er fuhr rasch und überlegt mit der gleichmütigen, Diskussionen abschneidenden Erwägung fort, »weil Sie sich verfahren haben«, um seinen Satz mit dem Vorschlag abzuschließen, »dann gibt es einen guten Weg von hier aus.«

Lothar atmete erleichtert auf. Sogar seine Mutter machte eine Bewegung, die verriet, daß ihre Spannung sich löste. Der Mann war also kein Feind, im Gegenteil, er war ein Helfer. Kein sehr freundlicher Helfer, denn er blieb kalt, er schien in einer Art von kaltem, schmatzendem Genuß zu registrieren, wie der Schrecken, den seine Anwesenheit verursacht hatte, abnahm – aber immerhin.

Er trat dicht an Lothar heran. »Fahren Sie noch ein kleines Stück weiter«, sagte er, »aber nicht bis Barrentin.« Er sprach, ohne die Stimme zu senken, aber er machte sie tonlos. »Vor Barrentin geht eine Straße links ab, zum See. Über den See gibt es eine Fähre. Von der anderen Seite aus sind Sie nach ein paar Kilometern wieder auf der Interzonen-Chaussee.«

»Keine Vopos?« fragte Lothar. Er tat sich keinen Zwang mehr an.

In die harten, porzellanblauen Augen des Mannes geriet eine Dunkelheit aus Haß. Aber er nahm sich zusammen, hob nur die Schultern und sagte: »Wenn Sie Pech haben!« Er war ein Helfer. Das Merkwürdige ist, dachte Lothar in seiner Alkohol-Hellsicht, daß er mir nicht sympathischer geworden ist, seitdem ich das weiß. Aber ein unsympathischer Helfer ist besser als ein sympathischer Feind, dachte er; man kann sich seine Freunde nicht aussuchen.

»Und der Fährmann«, fragte er, »wie ist der?«

»Der Fährmann ist in Ordnung«, sagte der Mann.

Es gab keinen Grund mehr, weitere Fragen zu stellen, aber Lothar blieb immer noch stehen, weil er sich genierte, dem Mann zu zeigen, was mit ihm los war. Bei dem ersten Schritt, den er tat, würde der Mann bemerken, daß er kaum noch auf den Beinen stehen konnte.

»Danke«, sagte er schließlich, »danke für den Rat!«

Der Mann wandte sich wortlos ab, ging wieder ans Ufer und begann aufs neue mit dem Steine-Flitschen. Lothar stolperte buchstäblich bis zur Wagentüre, riß sie auf und fiel auf den Fahrersitz. Das Auto hatte in der Hitze gestanden, und Lothar brach der Schweiß aus. Er kurbelte die Scheiben herunter, ehe er den Motor anließ. Seine Mutter folgte ihm langsam nach und ließ sich neben ihm nieder.

Der Mann hatte mit dem Steine-Flitschen aufgehört; er stand ein paar Schritte entfernt und sah Lothar zu.

»Kann ich irgend etwas für Sie tun?« fragte Lothar ihn. »Brauchen Sie etwas? Geld zum Beispiel? Westgeld?« Das Angebot kam unbeholfen über seine Lippen, mit der Grobheit des Betrunkenen; Lothars Abneigung gegen den Mann entlud sich darin.

»Lothar!« sagte seine Mutter.

Der Mann sah ihn nur an, kalt, porzellanblau und fett. Die Schiffermütze saß ganz gerade auf seinem dicken Katerkopf. ›Der Fährmann ist ganz in Ordnung‹, hat er gesagt, dachte Lothar, aber er selber ist nicht in Ordnung. Irgend etwas war an dem Mann, was ganz und gar nicht in Ordnung war. In der Tiefe seiner Trunkenheit begann Lothar plötzlich, sich vor dem Mann zu fürchten, ehe er das Auto in Gang brachte. Langsam und rumpelnd fuhr es in die Schneise. Im Rückspiegel konnte Lothar den Mann nicht mehr sehen.

Als er den Wagen kurz anhielt, ehe er aus der Schneise auf die Straße einbog, sagte seine Mutter: »Laß uns lieber den Weg fahren, den wir gekommen sind, Lothar!«

»Aber warum?« fragte Lothar. »Sein Tip ist erstklassig, wenn er stimmt.«

Erst jetzt fiel ihm auf, daß seine Mutter während der Begegnung mit dem Fremden kein einziges Wort gesprochen hatte. Sie war die ganze Zeit über wie erstarrt gewesen.

»Ich habe ein ungutes Gefühl«, sagte die alte Dame.

Lothar zuckte die Achseln. »Durch Neuruppin kommen wir kein zweitesmal, ohne daß die Vopos uns aufhalten.«

Noch während seine Mutter sagte: »Jetzt wäre es mir fast lieber, wir bekämen mit der Polizei zu tun ...«, bog er schon nach rechts ein, in die Richtung, die der Mann ihm gewiesen hatte. Er beschleunigte die Fahrt des Autos. Weil er betrunken war, fuhr er übertrieben korrekt; er hielt den Wagen scharf rechts an der Grenze der Bankette; sein Blick lag starr auf der Straße, die weiter durch den Wald führte, der für Lothar nur aus diffusem grünem Buchenlicht bestand, durch das eine exakt gezeichnete graue Straße führte. Kein Auto begegnete ihnen. Einmal kamen sie an einer Frau vorbei, die einen Karren zog, auf den Reisig gehäuft war. Erst nach einer ganzen Weile erinnerte er sich wieder an die Angelegenheit mit dem Brief. Der Gedanke an Melanies Brief kam so schlagartig zu ihm zurück, daß seine Aufmerksamkeit sogleich von der Steuerung abgelenkt wurde und er mit dem Auto auf die linke Straßenseite geriet. Er korrigierte die Abweichung, ehe er fragte: »Warum hast du mir den Brief nicht schon in Berlin gegeben?«

»Er ist an mich gerichtet«, antwortete seine Mutter, »und für mich bestimmt. Ich weiß gar nicht, ob es Melanie überhaupt recht ist, daß ich ihn dir zum Lesen gebe.«

»Lächerlich!« Seine Stimme wurde grob, nuancenlos. »Eine von Melanies Finten. Natürlich will sie mit Richard und mir Verbindung aufnehmen. Sie macht es nur spannend.«

Er fühlte, daß er verrückt war vor Begierde nach dem Brief. Es war unerträglich, diesen Brief in Griffweite in der Handtasche seiner Mutter im Auto zu wissen. Nur ein letzter Rest von Selbstachtung hinderte ihn, den Opel anzuhalten und seine Mutter zu bitten, sie möge ihm den Brief geben. Um sich dafür zu rächen, daß er sich beherrschen mußte, begann er, seine Mutter anzuklagen.

»Sie macht es wie damals«, sagte er höhnisch, »als sie immer lange freundliche Gespräche mit dir führte, wenn sie mich besuchen kam, in Frohnau, weißt du noch? Sie wußte, daß ich rasend wurde, während sie mit dir plauderte, daß ich auf den Moment wartete, wo sie zu mir in mein Zimmer kam, aber sie zog das in die Länge, sie machte Konversation mit dir. Sie hat es nie ausgesprochen, aber ich glaube, sie verachtete mich ein wenig, weil ich als erwachsener Mann noch immer mit meiner Mutter zusammenlebte.« Um das Maß voll zu machen, fügte er hinzu: »Vielleicht ist das auch ein Grund, warum sie mich verlassen hat: weil ich mich bis übers Kriegsende hinaus nicht von dir getrennt habe.«

»Ja«, sagte seine Mutter, und wäre er nicht betrunken gewesen, so wäre ihm die ganz unbetroffene Sachlichkeit ihres Tons aufgefallen, »vielleicht hättest du dich rechtzeitig von mir trennen und Melanie zu dir nehmen sollen. Fort auch von Richard!«

Aber Lothar hörte nicht hin. Plötzlich wurde er sich dessen bewußt, daß er ein Ortsschild passiert hatte, auf dem ›Barrentin, 2 Kilometer‹ zu lesen gewesen war, und daß kurz vor dem Pfahl mit dem Schild eine unbezeichnete Straße nach links abging. Er hielt den Wagen mit einem Ruck an. ›Aber nicht bis Barrentin‹, hatte der Mann gesagt. Lothar blickte zurück; der Pfahl war noch zu sehen. Vorsichtig begann er, das Auto zurückzusetzen. Das Manöver war fast zu viel für den Grad von Rausch, den er sitzen hatte; er brachte das Auto nur in Schlangenlinien bis zur Einmündung der Straße zurück. Einmal, als der Opel beinahe quer auf der Straße stand, blieb Lothar ein paar Sekunden erschöpft am Steuer sitzen: er fühlte sich völlig duhn und brütete dumpf vor sich hin.

Ein Viertelliter Cognac, dachte er, das ist eigentlich gar nichts, aber ich bin blau wie eine Haubitze, wie alle Gewohnheitstrinker, die nicht immun werden gegen den Schnaps, sondern im Gegenteil immer wehrloser. Zwei, drei Schlucke werfen mich jetzt schon um, dachte er trostlos, in die Tiefen des Waldes starrend, ehe er sich wieder aufraffte. Seine Mutter beobachtete ihn schweigend.

Die Straße nach dem See, über den eine Fähre führen sollte, war schmal und ungeteert, ein weißes Forststräßchen. Es war Nachmittag, das Licht hatte sich verändert, der Himmel, der über den Bäumen zu sehen war, schimmerte immer noch gleichmäßig weiß, aber die Strahlung, die durch ihn hindurchging, war gebrochen, ein angenehmes Grau hatte sich ausgebreitet, das beinahe nach Regen aussah. Melanie ist also zurückgekehrt, dachte Lothar, vorerst mit einem Brief, aber sie ist zurückgekehrt, ich werde den Brief lesen, sowie wir die Interzonen-Chaussee erreicht haben werden; er fühlte sich nun gelöst und beherrscht, er setzte sich ein Ziel: die Fähre, dann die paar Kilometer durch den Dosse-Bruch – was für ihn ein wunderbarer Rat, den der Mann am Klinker See ihm gegeben hatte –, dann die Straße nach Hamburg. Auf der Straße nach Hamburg angekommen, würde er den Opel kurz anhalten und Melanies Brief lesen. Es war nur natürlich, daß er sich aus solchem Anlaß an Melanies Abschied erinnerte. Sie hatte ihn angerufen, an einem Morgen im Oktober 47, gleich nach dem Frühstück, und ihn gebeten, zu ihr zu kommen. Richard befand sich auf einer Geschäftsreise und Andreas und Günther waren in der Schule, nur die vierjährige Marianne befand sich bei Melanie in der Wohnung. Melanie hatte ihn gebeten, den Vormittag auf Marianne aufzupassen, mittags käme eine Zugehfrau und am Abend wäre Richard wieder zurück, hatte sie gesagt, aber am Vormittag habe sie niemanden für das Kind, und sie müsse verreisen.

Lothar war aufgebracht gewesen. »Warum«, fragte er, »wohin?« »Ich muß verreisen«, hatte Melanie geantwortet, »einfach verreisen, ich weiß nicht, ob ich zurückkomme.« Sie hatte schon ihren Tuchmantel an und bürstete noch einmal ihre Haare zurück, während sie im Flur stand. Ihr Koffer stand gepackt da, und sie war aus der Wohnung gegangen, ohne noch einmal nach der Kleinen zu sehen, die im Wohnzimmer spielte. Auch Richard Brahm hatte in jener Zeit, 1947, mit seiner Familie recht beengt gewohnt. Lothar war ins Wohnzimmer gegangen und hatte auf die Straße geblickt, auf der Melanie in ein wartendes Taxi gestiegen war. Das Taxi fuhr fort und ließ die ruhige Mietshäuserstraße im Berliner Westen, in der die Brahms damals gewohnt hatten, vollständig leer. Lothar hatte sich abgewendet und sich auf einen Sessel im Wohnzimmer gesetzt; er hatte damals lange der kleinen Marianne zugesehen, die ruhig, und ohne sich von Lothar stören zu lassen, mit ihren Bauklötzen spielte. Es war die Zeit gewesen, in der es wenig Spielsachen für Kinder gab.

7

Die Straße endete bei einem großen Holzplatz am Seeufer. Geschälte Buchenstämme lagen umher, und der Boden war mit Rindenabfällen bedeckt, auf denen die Reifen des Opel ein prasselndes Geräusch machten, als Lothar fast bis zum Rand des Wassers fuhr. Er sah das Tau, das über den See gespannt war, der hier etwa fünfhundert Meter breit sein mochte. Die Fähre lag am jenseitigen Ufer, eine Art Floß, wie Lothar erkennen konnte, nachdem er ausgestiegen war. Auch an diesem See gab es keine Häuser, jedenfalls von dem Punkt aus, an dem Lothar stand, konnte er keine Häuser sehen: nur die Esse einer Ziegelei ragte über den Wald, ziemlich weit nördlich.

Lothar machte aus seinen Händen einen Trichter und rief: »Hol über!«, aber nichts rührte sich. Er rief noch einmal. Schließlich ging er zum Auto – seine Mutter hatte ihren Platz darin nicht verlassen – und drückte auf die Hupe. Ihr Klang hörte sich häßlich an, trocken und quälend. Ein Mann kam drüben zum Vorschein, er trat aus dem Wald und stieß, ohne sich zu beeilen, das Floß mit einer Stange vom Ufer ab. Die Fähre war durch zwei Seile mit dem Tau verbunden, und Lothar beobachtete, wie der Fährmann das Floß ohne Ruder an dem Tau entlangzog. In dem grauen Nachmittagslicht war der See so leise, daß es schien, als bewege sich die Fähre überhaupt nicht. Lothar blickte auf die Binsen, die das Ufer, wo er stand, einfaßten; spärlicher Schaum hing unbewegt zwischen ihnen, kein Windzug brachte die Holz- und Borkestückchen, die auf der erstarrten Haut des Wassers lagen, ins Treiben. Lothar wartete mit glasigem Blick; er hätte am liebsten den Rest Schnaps getrunken, der noch in der Flasche war, aber er war nun matt vom Trinken und konnte sich nicht einmal mehr dazu aufraffen.

Der Mann brauchte zehn Minuten, um den See zu überqueren, und er erwies sich im Näherkommen als eine hagere, lange, nach Wendenart in graue Leinwand gekleidete Gestalt. Er richtete kein Grußwort an Lothar. Die Stämme des Floßes waren mit Brettern gedeckt, und der Fährmann legte, nachdem es aufgelaufen war, zwei Planken aus, um es dem Auto zu ermöglichen, auf das Deck zu gelangen. Danach blieb er auf dem Floß stehen und sah Lothar zu, wie er das Auto manövrierte.

»Eine primitive Angelegenheit«, sagte Lothar zu seiner Mutter, während er den Motor anließ, »so was gibt es nur noch hier im Osten.« Insgeheim war er begeistert von der einfachen Floßfähre, dem wendischen Fährmann, dem geheimnisvoll verborgenen See.

»Willst du nicht lieber aussteigen?« fragte er.

Sie schüttelte den Kopf. Lothar blickte sie flüchtig an, und er fühlte sich wieder unbehaglich, als er ihr verschlossenes Gesicht sah. Er begriff, daß sie das Auto als einen Schutz empfand; alles an dieser Reise mußte ihr unheimlich vorkommen, und sie wollte nun in dieser Blechhöhle verweilen, bis alles vorbei, bis sie wieder in Sicherheit war. Ich habe mich benommen wie ein Schubiak, dachte er.

Der graue Flößer hatte die Laufplanken genau in die Spurweite des Opels gelegt, und Lothar gelang es, das Auto schon beim ersten Anlauf auf das Deck zu bringen. Erleichtert darüber, daß er sein Können gezeigt hatte, stieg er aus.

Der Mann hatte bereits die Bretter eingezogen und die Fähre in Gang gebracht. Zu seinem Erstaunen sah Lothar bereits eine rasch wachsende Wasserfläche zwischen sich und dem Ufer. Lautlos liefen die Halteseile der Fähre mittels Rollen auf dem Tau entlang. Der Mann brauchte nicht mehr zu tun, als mit seinen beiden Armen eine schiebende Bewegung am Tau auszuführen, die, obwohl das Floß jetzt mit dem Auto belastet war, nicht viel Kraft zu erfordern schien. Während der Zieharbeit stand er vom Deck abgewandt und blickte über den See, aber er schien ihn nicht zu sehen.

Lothar stellte sich zu ihm und begann, ihm beim Ziehen zu helfen. Das Tau fühlte sich hart und glatt an. Der Mann machte zum erstenmal den Mund auf.

»Lassen Sie das!« fuhr er Lothar an. »Das können Sie nicht. Wenn einer das Ziehen nicht gelernt hat, bringt er den Prahm in Unordnung.«

Lothar nahm erschrocken die Hände vom Tau. Übrigens hatte er tatsächlich gespürt, daß eine flatternde Bewegung durch das flache Schiff gegangen war, nachdem er an das Tau gefaßt hatte. Dann überlegte er, wie die Stimme des Fährmanns geklungen hatte. Sie hatte sich angehört wie die Stimme eines sehr alten Mannes. Der Mann war hager und lang, und er sah aus wie ein alter, aber nicht wie ein sehr alter Mann.

Der See war nun in seiner vollen Länge zu überblicken, nach Süden ging er in Schilfwildnisse über, in eine Bruchlandschaft, die von einzelnen stehenden Kiefern überragt war, nach Norden war er eine Buchenbucht. Ganz fern konnte man unter Laub das Rot von Gehöften sehen: das mußten die Häuser von Barrentin sein. Kein Kirchturm zeigte sich; auch die Esse der Ziegelei war verschwunden.

Der Nachmittagssee glomm im brandenburgischen Sommerlicht: lautlos, versponnen und silbern. Nur die Rollen machten ein kleines Geräusch.

»Wir sind aus dem Westen«, sagte Lothar. Das Schweigen des Mannes ärgerte ihn, und er wollte ausprobieren, ob er es brechen konnte. Wie alle Betrunkenen, wollte er reden.

Er bekam keine Antwort. Dergleichen Mitteilungen schienen den Grauen nicht zu interessieren. Lothar hatte es übrigens erwartet. Er versuchte es mit einer direkten Frage.

»Wie lange sind Sie hier schon Fährmann?«

Der Flößer sah ihn nicht an. Er arbeitete verächtlich und stumpfsinnig weiter. Aber er bequemte sich zu einer Antwort.

»Mehr als fünfzig Jahre.«

Lothar gab sich Mühe zu rechnen, und es gelang ihm, die Zahl 1910 zu finden. Das Kaiserreich, die Republik, die Schreckensherrschaft, der Kommunismus. Die Systeme. Er muß bald siebzig sein. Deshalb klingt seine Stimme so sehr alt, dachte Lothar. Mit einer märkischen Fähre durch vier Systeme gekommen.

»Waren Sie Soldat?«

»Im ersten Krieg, ja«, erwiderte der Mann, »im zweiten nicht mehr.« Er würgte noch etwas hervor, eine Sache, die ihm wichtig erschien. »Im zweiten war es gut, daß einer hier war. Als die Leute anfingen zu flüchten ...« Er brach ab, verstummte.

Wie immer, wenn er duhn war, hatte Lothar Erleuchtungen. Geschichte schreiben, dachte er, nachdem man die Aussagen eines solchen Mannes protokolliert hat. Man muß ganz andere Quellen aufschließen als Gesandtenberichte, Briefwechsel, Memoiren. Wie stellen sich vier Regierungssysteme, vier Denkformen von Herrschaft, auf einem weltverlorenen Floß in der Tiefe der Mark Brandenburg um die Mitte des zwanzigsten Jahrhunderts dar? Material für eine Doktorarbeit! Wenn ich Doktoranden hätte, würde ich sie aus den Archiven in die frische Luft jagen, zu solchen Leuten. Er wurde sich wieder einmal mit Bitterkeit der Tatsache bewußt, daß er keine Doktorarbeiten zu beurteilen hatte. Er war Privatdozent, mit abseitigen Themen befaßt, Spezialist für gewisse Züge der mittelalterlichen Geistesgeschichte, in die These verrannt, er habe an einem historischen Vorgang zu zeigen, inwiefern er einzigartig sei, stiller Gelehrter also, stiller Schnapstrinker, Liebhaber von Halbschatten, und als Mann offenbar ein Versager, denn sonst hätte Melanie ...

Er war dabei, diesen Gedanken zu Ende zu denken, um sich danach zu erinnern, daß Melanie jetzt vielleicht zurückkehrte, und er wollte am Schluß seiner Überlegungen zu seiner Mutter ans Wagenfenster treten, um ihr von dem siebzigjährigen Fährmann zu erzählen, der seit 1910 hier Dienst tat – die Geschichte eines solchen Lebens hätte ihrem Stolz auf Preußen wohlgetan –, als er wieder die flatternde Bewegung spürte, die durch die Fähre ging; sie teilte sich zuerst seinen Füßen mit, die plötzlich unsicher wurden. Er stand am Ende der Fähre und blickte immer noch auf das Ufer zurück, das sie verlassen hatten, es war nun schon weit entfernt, sie mußten sich über der Mitte des Sees befinden, und weil das flattrige Gefühl in seinen Füßen nicht sogleich aufhörte, trat er einen Schritt zurück und wandte sich um.

Es ist möglich, daß Lothar Witte schon im gleichen Augenblick, in dem er sich umwendete, wahrnahm, wie das Auto, in dem seine Mutter saß, dem vorderen Rand der Fähre zurollte. Es ist möglich, aber wahrscheinlich ist es nicht. Möglich ist nur, daß die Netzhäute seiner Augen den Opel abbildeten, wie er tatsächlich ins Rollen geraten war, wie er langsam, beinahe zart dahinrollte, jedoch, da die Strecke, die er zurückzulegen hatte, äußerst kurz war, in einer Zeitspanne, die kaum gemessen werden kann, so schnell ging dieses langsame Rollen vor sich, den Rand der Fähre erreichte, wo er mit den Vorderrädern ins Wasser tauchte und sich dann, kopflastig, vornüberneigte, um mit einem schnellen Gurgeln zu verschwinden. Aber das Bild auf Lothars Netzhaut scheint nicht sogleich als Nachricht an sein Gehirn weitergegeben worden zu sein – dazu war es doch wohl zu weit entfernt von allem, was Lothar damals für Wirklichkeit hielt. Es paßte nicht in das Leben, das er gelebt hatte, das vielleicht trotz des Schnapses und trotz seiner Leidenschaft für eine Frau eher ein diskretes Leben gewesen war. So ist es zu erklären, daß Lothar, nachdem er in die Knie gebrochen war, weil nach dem Wegkippen des Autos ein mächtiges Schwappen die Fähre erfaßt hatte, eine Weile kniend verharrte und, die Hände auf die nassen Bretter gestützt, auf allen vieren also, auf den Platz starrte, auf dem der Opel gestanden hatte. Er war weg, aber es war nicht möglich, daß er weg war.

Dem grauen Fährmann ging es übrigens ähnlich. Er hatte gemerkt, daß etwas nicht in Ordnung war, weil die Fähre sich auf einmal nicht mehr ziehen ließ, aber er war zu langsam, um sich sogleich umzuwenden, und dann hatte das große Schwappen ihn gezwungen, sich am Tau festzuhalten. Weil er sich am Tau festhalten konnte, war er nicht hingestürzt wie Lothar. Kaum, daß er noch gesehen hatte, wie das Auto im Wasser verschwand. Als die Bewegung der Fähre zum Stillstand kam, sah auch er, daß das Auto verschwunden war. Er ließ das Tau los und blickte stumm über das leere Deck. Die Seilrollen knirschten noch ein paarmal auf dem Tau hin und her.

Erst als der alte Mann bemerkte, daß Lothar sich erhob und ein paar Schritte zum Decksrand hin machte, ging er auf ihn zu und packte ihn am Arm.

»Es hat keinen Zweck«, sagte er, »der See ist hier hundert Meter tief.«

Lothar hatte gar nicht die Absicht gehabt, ins Wasser zu springen, einen Rettungsversuch zu machen, er wollte nur auf die Stelle blicken, an der das Auto versunken war, wobei er sich sogleich sagte, daß es vielleicht gar nicht mehr die Stelle war, vielleicht hatte die Fähre sich inzwischen so weit bewegt, daß sie den Ort schon hinter sich hatten. Er lief zur anderen Seite und blickte hinab: das Wasser war überall gleichmäßig dunkelgrün. Er war noch unfähig, schon zu denken, daß dort unten die Leiche seiner Mutter lag, aber nichts hätte ihn bewegen können, dieses Wasser mit irgendeinem Teil seines Körpers zu berühren.

»Kann die Frau schwimmen?« hörte er den Fährmann fragen. »Wenn sie schwimmen kann, kommt sie vielleicht noch hoch.«

Lothar wandte langsam seinen Kopf in die Richtung des Sprechenden. Dieser alte Mann schlug ihm also vor, sich vorzustellen, daß dort unten seine Mutter einen Versuch machte, sich durch das Wagenfenster zu zwängen, um vielleicht noch nach oben zu tauchen, daß sie sich in einem letzten verzweifelten Versuch gegen das Ersticken wehrte, gegen das Eindringen des Wassers in ihre Lungen. Er setzte sich auf die Planken der Fähre und krümmte sich zusammen.

»Nein, ist unmöglich«, sagte der Mann, der plötzlich begriff, was er gemeint hatte, in seinem Platt und mit seiner sehr alten Stimme. »In der Tiefe ist die längst tot.« Und nach einer Pause fragte er: »War das Ihre Mutter?« Er zog dann die Fähre weiter. Sie war leichter geworden, und nach wenigen Minuten legten sie am jenseitigen Ufer an. Lothar blieb auf dem Floß sitzen.

»Ich geh jetzt nach der Rettung telefonieren«, sagte der Mann.

Lothar blickte auf. »Warum haben Sie eigentlich nicht gemerkt, daß ich betrunken war«, fragte er scharf. Er sprach jetzt mit dem Fährmann wie mit einem Untergebenen. »Warum haben Sie nicht bemerkt, daß ich die Handbremse nicht angezogen und keinen Gang eingeschaltet habe, als ich das Auto auf dem Floß hatte?«

»Ich versteh nichts von Autos«, sagte der Mann trocken. Er sagte noch irgend etwas, aber Lothar hörte ihm schon gar nicht mehr zu. Er blickte über das Wasser hin. Erst nach einer Weile, erst als der Mann längst verschwunden war, formte sich in Lothars Gehirn endlich die Nachricht, die als Bild so lange auf der Oberfläche seiner Augen gelegen hatte. Es war nicht das Bild des rollenden Autos, nicht der Sturz des Wagens in die Tiefe, noch das weiße blasige Gurgeln im Dunkelgrün, das es aufgerührt hatte, sondern es war das Gesicht seiner Mutter, das ihn für den Bruchteil einer Sekunde angestarrt hatte, ehe der Opel, indem er kopfüber verschwand, es mit sich nahm. Seine Mutter mußte sich auf ihrem Sitz herumgedreht haben, als sie das Rollen des Autos gespürt hatte. Sie hatte keine Zeit mehr gefunden, einen Schrei auszustoßen, sie hatte sich nur einfach umgewendet, höchst verwundert wahrscheinlich und vielleicht noch nicht einmal erschrocken, sie hatte auf Lothar geblickt, als wolle sie ihn um ein Wort der Aufklärung bitten, eher erstaunt als entsetzt, und so war sie verschwunden, eine unausgesprochene Bitte an ihren Sohn auf den Lippen. Lothar konnte sich an den Ausdruck ihres Gesichts genau erinnern. Am Ufer des Barrentiner Sees, auf den Planken der Fähre hockend, begann es, zu einem Teil seiner Vergangenheit zu werden, und er begrüßte den Einzug des letzten Gesichts seiner Mutter in sein Gedächtnis, indem er anfing zu lachen.

In der Dämmerung trafen die Rettungsmannschaften aus Wittstock ein. Sie führten Tauchgeräte mit sich. Auch eine Ambulanz war dabei. Ein Arzt gab Lothar, der immer noch lachte, eine Spritze. Als sie ihn ins Auto hoben, schlief er schon.

8

Er überwand seinen Nervenschock ziemlich schnell. Sie brachten ihn in ein Berliner Gefängnis und behandelten ihn, weil sie nicht recht wußten, woran sie mit ihm waren, als politischen Untersuchungshäftling. Die Einzelzelle war Tag und Nacht beleuchtet, so daß er wenig Schlaf fand. Um halb elf Uhr nachts erhielt er zwei Decken und durfte sich hinlegen. Es war verboten, das Gesicht und die Hände zu bedecken, und sie weckten ihn, wenn er es im Schlaf unbewußt doch getan hatte.

Er machte ein paar Versuche, ihnen zu erklären, warum er sich abseits der Interzonen-Chaussee herumgetrieben hatte, aber sie sahen ihn verständnislos an. Während einer Vernehmung erklärte ihm der Untersuchungsrichter, das Auto sei gehoben worden und es würde beschlagnahmt werden.

»Was ist mit meiner Mutter?« fragte Lothar.

»Sie ist beerdigt worden«, erwiderte der Richter, »auf dem Friedhof in Wittstock.«

»Wir haben ein Familiengrab«, sagte Lothar, »im Herrnhuter Friedhof, am Blücherplatz.«

»Sie können ja später die Umbettung veranlassen«, schlug der Richter vor.

Ein paar Tage später brachten sie ihm die Gegenstände, die im Auto gefunden worden waren, hauptsächlich Dinge, die seiner Mutter gehört hatten, darunter ihre braune Ledertasche. Man sah es den Sachen an, daß sie lange im Wasser gelegen hatten und gewissenhaft getrocknet worden waren – sie wirkten wie Präparate, wie Ausgrabungsfunde, mumifiziert.

In der Handtasche fand er Melanies Brief; das Couvert war mit einem Zensurstempel versehen worden. Lothar betrachtete den Brief, er las die Adresse seiner Mutter, von Melanie mit der Hand geschrieben, ihre Schrift schien sich wenig verändert zu haben. Die Tinte war von der Feuchtigkeit da und dort zerlaufen. Ohne ihn gelesen zu haben, zerriß er den Brief sorgfältig in kleinste Fetzen.

Drei Wochen später entließen sie ihn. Tilius hatte, über Kollegen in der Humboldt-Universität, geschickt interveniert. Sie brachten ihn in einem Auto zum Brandenburger Tor, wo Tilius, der benachrichtigt worden war, Lothar in Empfang nahm. Der Tag war kühl und regnerisch. Tilius zeigte sich bei dieser Begegnung von seiner besten Seite, ohne alle Dekansallüren, ohne geübte Suada, eher schweigsam und sichtlich von Lothars Unglück betroffen. Als sie im Taxi saßen, sagte er: »Der Ostberliner Staatsanwalt wird die Akten nach dem Westen schicken. Sie werden noch einen Prozeß wegen fahrlässiger Tötung durchstehen müssen. Aber Sie werden ziemlich sicher Bewährungsfrist bekommen«, fügte er hinzu. Lothar bat darum, ihn am Bahnhof Zoo abzusetzen. Ehe er ausstieg, sagte Tilius zu ihm: »Können Sie nicht das Trinken sein lassen, Witte!« Er sprach wie ein Mann zu einem anderen Mann, so, wie es sich gehörte.

Lothar erkundigte sich am Bahnhof nach dem Fahrplan der Interzonenzüge. Er entschloß sich, am nächsten Vormittag nach dem Westen zurückzufahren. Dann suchte er einen Makler auf und beauftragte ihn, den Verkauf der frohnauer Villa in die Wege zu leiten. Das Haus war hypothekenfrei, und der Makler stellte ihm eine Masse Geld dafür in Aussicht; Lothar rechnete sich aus, daß er sich mit dem Geld ein paar Jahre von der Universität zurückziehen konnte, um sein Buch über Amaury de Bêne zu schreiben. Er ging den Kurfürstendamm entlang und landete schließlich im Bristol. Die Terrasse des Bristol war mit Infrarotstrahlern geheizt, Lothar saß auf einem der mit Kissen bezogenen Korbstühle und sah, im Schatten der Markise, auf den kühlen Kurfürstendamm hinaus. Die Frauen trugen farbige Schirme über den verregneten Boulevard. Nach den Gefängniswochen, in denen er nichts zu trinken bekommen hatte, wartete Lothar ungeduldig auf den Cognac, den er bestellt hatte. Er trank vorsichtig und nicht mehr als zwei Gläser. Dann ging er fort, um sich ein Hotelzimmer für die Nacht zu suchen.

Opferung eines Widders

1

Im vergangenen Jahr war ich viel auf Reisen. Mitte Februar fuhr ich in die Schweiz, um meine Tochter abzuholen, die Elfjährige. Meine Frau hatte sie Ende Januar nach Montana gebracht, in ein teures Kinderheim, und nach einer Woche riefen wir an, um sie zu fragen, wie es ihr ginge. Als sie meine Stimme hörte, brach sie in Tränen aus. »Warum weinst du, Bohnenstange?« fragte ich. Sie ist in ihrem zehnten Jahr sehr gewachsen. »Wenn du so weiterwächst«, ziehe ich sie manchmal auf, »bekommst du später einen Bohnenstangen-Mann und Bohnenstangen-Kinder.« Sie weine aus Freude, stieß sie hervor, weil alles so schön sei. Es klang nicht sehr überzeugend. »Willst du nach Hause?« fragte ich. »Sollen wir kommen und dich abholen?« – »Nein«, sagte sie, »es ist doch so schön.« Sie zog das Wort ›schön‹ auf unnatürliche Weise in die Länge. Nachdem sie sich etwas beruhigt hatte, erzählte sie, zwei Kinder im Heim hätten Scharlach bekommen. Meine Frau und ich waren alarmiert. Ich ließ mich mit Madame Rollin verbinden; sie sagte, die beiden Scharlachfälle seien tadellos isoliert und Monika ginge es ausgezeichnet, sie sei das lustigste Kind im Heim und bei glänzendem Appetit. Nach ein paar Tagen riefen wir noch einmal an, und Monika weinte wieder und diesmal sagte sie, es wäre ihr lieber, wenn sie nach Haus könnte. Meine Frau sprach auch mit ihr; nachdem sie eingehängt hatte, dachte sie nach und meinte schließlich, wahrscheinlich habe Monika Heimweh und mache deshalb ein bißchen Theater. Ich wußte, daß sie recht hatte, aber ich tat so, als hätte ich eine Ahnung von etwas Schlimmerem. Während ich meinen Koffer packte, spürte ich, wie meine Frau über meine Beziehungen zu Monika nachdachte, aber sie sagte nichts. Wahrscheinlich dachte sie auch, es wäre besser, ich würde einmal zu Klaus nach Frankfurt fahren; ich weiß, sie hält es nicht für richtig, daß ich Klaus ignoriere, aber wenn sie mich von Zeit zu Zeit bittet, ihn aufzusuchen, so enthält ihre Stimme keinen Ton des Vorwurfs. Ich rechne ihr das hoch an. Sie hat vor ein paar Jahren angefangen, Porzellan zu sammeln, und seither ist eine Veränderung mit ihr vorgegangen. Es scheint, als interessiere sie sich für familiäre Dinge nicht mehr so besonders. Mir ist das sehr recht; es schafft eine angenehm kühle Atmosphäre im Haus. Übrigens irrt sie sich, wenn sie vermutet, ich hätte einen Vater-Tochter-Komplex Monika gegenüber. Ich fand nur, Heimweh wäre schon schlimm genug, und man könne ja nie wissen, was in einem Kinderheim vorgehe. Aber es war seltsam, daß ich überhaupt so empfindlich reagierte. Früher hätte ich die Sache auf sich beruhen lassen, nicht aus Gleichgültigkeit, sondern weil es einen Instinkt gibt, der einem rät, gewisse Dinge sich entwickeln zu lassen, nicht einzugreifen. Seit einiger Zeit habe ich diesen Instinkt verloren. Als ich in Köln in den TEE-Zug nach Basel stieg, habe ich zum erstenmal ganz deutlich gefühlt, daß er mir abhanden gekommen ist. Es beunruhigt mich sehr, daß ich mich jetzt in manchen Situationen überempfindlich benehme, aber ich kann nichts dagegen machen.

In Basel nahm ich den Schnellzug, der über Lausanne Anschluß ins Wallis hat. Als ich in Montana ankam, war es schon dunkel. Die Luft dort oben ist fast immer überklar und prikkelnd. Ich mache mir nicht viel aus dem Wallis, aus seiner Sekt-Luft, seiner ewigen Kristallklarheit, in der es keine

Nebel und Zwischentöne gibt. Konstante Hochdruckgebiete langweilen mich ziemlich schnell. War es möglich, daß auch Monika das Gleiche empfand? Noch dazu macht eine solche Luft in fünfzehnhundert Metern Höhe seelisch unstabil. Ich ging gleich ins Kinderheim. In Anwesenheit von Madame Rollin, der Pflegerinnen und der Kinder wagte Monika nicht, mir in die Arme zu stürzen, aber sie stand zitternd vor Freude neben mir. Sie war braungebrannt. Ich überzeugte mich, daß wirklich keine Scharlach-Epidemie ausgebrochen und überhaupt alles in Ordnung war. Madame Rollin lächelte, als ich Monika gleich mit mir ins Hotel nahm. Wir aßen sehr wohlerzogen miteinander zu Abend. Ich horchte Monika aus, aber sie hatte nichts Aufregendes zu berichten. Die Zwölfjährige, mit der sie das Zimmer geteilt hatte, parfümiere sich schon, erzählte sie. Ich brachte nicht mehr heraus; es gab wohl auch nicht mehr zu sagen; was mochten kleine Mädchen, die Parfüm probierten, miteinander reden oder tun? Ich wußte es nicht, würde es nie erfahren. Monika ging brav auf ihr Zimmer, und als ich eine halbe Stunde später nachschaute, schlief sie schon, entspannt und friedlich. Sie hatte, mit elf Jahren, ein paar perfekte hysterische Szenen hingelegt, um ihren Willen durchzusetzen, aber nun war sie wieder ein Kind. Einer ihrer beiden kleinen Zöpfe stand senkrecht vom Ohr ab. Morgen früh würde ich das Zimmermädchen bitten müssen, ihr die Zöpfe neu zu binden, ehe wir abreisten. Ich hatte viel Verständnis für ihre Hysterie. Zuviel vielleicht. Auf der Heimreise, der Höhenluft entronnen, die sie seelisch unstabil gemacht hatte, las sie zwei Bücher und knabberte Schokolade, während ich darüber nachdachte, warum ich so viel Verständnis für sie aufgebracht und zwei Tage meiner Zeit für sie geopfert hatte, obwohl ich geschäftlich gerade besonders beansprucht war. Als der Zug in Frankfurt hielt, nahm ich mir vor, mich doch demnächst einmal um Klaus zu kümmern.

2

Nach diesem ersten Anfall einer nervösen Sentimentalität, wie ich sie bisher bei mir nicht kannte, hatte ich dann im Mai, in Holland, ein sehr merkwürdiges Erlebnis. Ich besitze Anteile einer Fabrik meiner Branche – Feinpapiere –, in Alphen, und wegen der Entwicklungen auf dem Gemeinsamen Markt war es nötig geworden, über eine richtige Fusion zu verhandeln. Geschäftlich schadet es mir übrigens keineswegs, daß mein Nervensystem offensichtlich reizbarer geworden ist als früher; im Gegenteil. Direktor de Vries brachte mich nach Schluß der Besprechungen an den Zug, in das nahe gelegene Leiden. Gewöhnlich mache ich die Strecke Köln–Alphen mit dem Auto, aber ich besaß damals keines, weil ich den Mercedes schon weggegeben und den Lancia noch nicht erhalten hatte. Nachträglich erscheint mir auch dieser Wechsel in der Automarke als eine Folge der neuen und mich beunruhigenden Vorgänge in meinem Gefühlsleben. Ehe sie eintraten, schwor ich auf Stabilität und robuste Fahreigenschaften und nichts sonst, aber ich erinnere mich noch genau, wie die große vogelglatte Lancia-Flaminia-Limousine, seit ich sie zum erstenmal sah, zu einer fixen Idee bei mir wurde. Der schwere solide Bursche in meiner Garage genügte mir auf einmal nicht mehr; ich war versessen auf ein Auto, bei dem ich Lust bekam, es zu streicheln, wenn ich es irgendwo erblickte.

Wir kamen zu früh in Leiden an – es war drei Uhr und

mein Zug ging erst kurz nach vier –, und de Vries führte mich in der Stadt herum, die nicht sehr groß ist und so holländisch wie nur möglich. Als wir den Rapenburgwal entlang gingen, geschah es. Der Rapenburgwal ist eine Grachtenstraße, das heißt, in der Mitte ist ein grüner Kanal, an dem Linden stehen, und an seinen beiden Seiten führen Straßen, die gerade so breit sind, daß sie die Fahrbahn für ein Auto bilden können. Von Zeit zu Zeit setzt eine Brücke über den Kanal, auf dem schwarze Lastkähne liegen. Die Häuser zu beiden Seiten des Rapenburgwals sind groß, alt und wunderbar gepflegt; einige von ihnen sind Paläste aus Hollands goldenem Jahrhundert. Diese Häuser nun – das meine ich, wenn ich sage: es geschah –, diese Häuser flüsterten. Ich hörte nicht mehr, was de Vries sagte, sondern schlug den Kragen meines Regenmantels hoch und schlich geistesabwesend und geduckt an den flüsternden Häusern entlang. Obwohl ich angestrengt lauschte, konnte ich kein Wort von dem Geflüster der Häuser verstehen, aber daß sie ganz leise miteinander sprachen, stand außer Frage. Ich erlitt einen Angst-Schock, weil ich natürlich sofort an den Ausbruch einer Geisteskrankheit bei mir dachte, an das erste Auftreten einer Zwangsvorstellung. Man kann ja geisteskrank werden, wie man Krebs bekommt, oder Leukämie. Am Ende des Rapenburgwals angelangt, fragte de Vries mich, ob ich mich nicht wohl fühle, ich sähe plötzlich so bleich aus. Ich sagte, es ginge mir gut, obwohl mir der kalte Schweiß im Rücken stand.

Es gelang mir, mich von de Vries schon in der Schalterhalle des leidener Bahnhofs zu verabschieden. Ich ging auf den Bahnsteig, bestieg aber meinen Zug nicht, sondern wandte mich, als er abgefahren war, wieder dem Ausgang zu. Nachdem ich geprüft hatte, daß de Vries' Wagen vom

Platz vor dem Bahnhof verschwunden war, eilte ich verstohlen zur Altstadt von Leiden zurück. Ich betrat den Rapenburgwal und stellte fest, daß ich mich nicht geirrt hatte. Die Häuser flüsterten noch immer. Ich ging nun langsam und vollkommen gefaßt die Gracht entlang. Trotz meiner Furcht zwang ich mich von Zeit zu Zeit, stehenzubleiben und die Häuser zu betrachten. Sie besaßen grüne und schwarze und dunkelrote Türen mit glänzend polierten Türklopfern aus Messing, und ihre großen weiß umrandeten Fenster waren in Mauerwerk aus rostigen Backsteinen eingelassen. Sie sahen fremd aus. Ich hatte in der Nacht vorher, in dem Hotel in Alphen, einen Traum gehabt, an den ich mich nicht mehr erinnern konnte, außer an den Umstand, daß ich während seiner Dauer nackt und dabei am ganzen Körper von dunkelgrüner Hautfarbe gewesen war. So fremd wie die Häuser, so fremd war ich mir selbst in jenem Traum erschienen. Die Häuser flüsterten übrigens nicht mehr, sondern sie hatten begonnen zu singen. Sie sangen leise, mit rauhen, monophonen Stimmen. Ihr Gesang klang geschlossen und einheitlich und drohend. Der Himmel über ihnen war von blasser stiller Bläue, ein typischer niederländischer Mai-Himmel. Von Zeit zu Zeit fuhren Autos an mir vorbei. Ich fürchtete mich. Ohne Zweifel war ich das Opfer einer Zwangsvorstellung.

Ich bog in einen Durchgang ein, an dessen Ende ich Bäume sah, und geriet in einen öffentlichen Park. Der Nachmittag war inzwischen spät geworden. Ich setzte mich auf eine Bank und begann, kleine holländische Zigarren zu rauchen. Sie beruhigen mich. Ich rauche entweder schwarze Zigaretten, Gauloises, oder, besonders wenn ich mich entspannen will, diese kleinen mattbraunen Sumatra-Zigarren. Während ich rauchte, wurde ich mir nach und nach klar über das, was ich wollte. Ich wollte in Leiden bleiben. Es war ein heftiger Anfall eines ganz klaren und gierigen Wunsches, für die Welt verlorenzugehen. Ich mußte mir zuerst ein Hotelzimmer nehmen; danach würde ich versuchen, eine Wohnung in einem der Häuser des Rapenburgwals zu mieten, denn es war unumgänglich nötig, hinter das Geheimnis ihres Gesangs zu kommen, mit ihrem Geflüster zusammen zu leben. Der Anfall ebbte nach einiger Zeit ab. Ich überlegte, daß es schwierig sein würde, spurlos zu verschwinden. Bedeutungslosen Menschen gelingt dies vielleicht, aber ich bin ein führender Industrieller in meiner Branche, einigermaßen vermögend, und mit dem behaftet, was man Tradition, Familie, Hintergrund nennt. Schließlich begann ich, meine Umgebung wieder wahrzunehmen. Ich saß in einem sehr schönen Garten mit alten Bäumen, blühenden Büschen und sanftfarbigen Tulpenbeeten. Junge Menschen, die Mappen trugen, gingen darin hin und her. Beim Weggehen stellte ich fest, daß ich mich im Garten der Universität von Leiden befand. Die Häuser auf dem Rapenburgwal hatten aufgehört zu flüstern und zu singen, als ich in der sinkenden Dämmerung meinen Weg zum Bahnhof einschlug.

3

Von Halluzinationen so bedenklichen Charakters bin ich seither Gott sei Dank verschont geblieben. Immerhin genügte diese eine schon, mich gleich nach meiner Rückkehr zu einem Besuch bei Professor Thiele in Frankfurt zu veranlassen. Thiele ist seit Jahren mein Arzt; er ist ein Internist von internationalem Ruf, aber nicht seiner Berühmtheit wegen gehe ich zu ihm. Ich habe wenig Vertrauen zu Ärzten, ich setze überhaupt, je älter ich werde, in Menschen immer geringeres Vertrauen, aber bei Thiele fand ich heraus, daß er sich durch einen Wechsel in der Stimmlage verrät, wenn er etwas Ernsthaftes gefunden zu haben glaubt. Das ist ein großer Vorteil; die meisten Ärzte sind perfekte Lügner. Thiele untersuchte mich und schien sehr erfreut zu sein. »Sie sind schlank geworden, Herr Jonen«, sagte er und nickte beifällig. Ich hatte ein paar Jahre lang Fett angesetzt, und ich blicke auf diese Zeit mit Widerwillen zurück. Vor zwei Jahren begann ich, fast von einem Tag auf den anderen, mein Leben umzustellen; ich hielt ohne große Anstrengung eine ziemlich ausgetüftelte Diät ein und begann, zuerst vorsichtig, dann schärfer, Tennis zu spielen. Seitdem habe ich fast allen Bauch verloren, aber ich bin als Typ trotzdem noch immer ein eher schwerer Mann, kein Leichtgewicht. Mit dem EKG war Thiele nicht besonders zufrieden, aber er sagte, wenn ich keine Beschwerden hätte, gäbe es keinen Grund zur Beunruhigung. Es klang aufrichtig. Er meinte, ich solle mit dem Rauchen vorsichtig sein. Ich erzählte ihm mein Leidener Erlebnis. Er hörte mir sehr aufmerksam zu und trommelte danach eine Weile mit den Fingern auf der Schreibtischplatte. »Die Wechseljahre«, sagte er schließlich, »die Wechseljahre des Mannes. Da kann so was schon mal vorkommen. Ein bißchen früh bei Ihnen, Herr Jonen. Sie werden doch erst in zwei Jahren fünfzig.« Ich hörte genau auf den Ton, in dem er sprach, konnte aber nichts Besonderes entdecken. »Wie steht's denn mit dem Beischlaf?« fragte er. »Alles in Ordnung?« Er erwartete wohl selbst nicht, darauf eine Antwort zu erhalten, denn er fügte gleich hinzu: »Sie können sich ja mal analysieren lassen, wenn Sie wollen. Wär vielleicht gar nicht so dumm, in Ihrem Fall.« Diesmal hatte seine Stimme etwas

Lauerndes, tückisch Beobachtendes. Thiele ist doch ein Tiger von einem Arzt: er liegt auf der Lauer und springt im richtigen Moment den Patienten an. »Da kommt nur Zürich in Frage«, verfügte er und gab mir die Adresse eines zürcher Psychoanalytikers. »Kostet Sie ein kleines Vermögen«, sagte er, »aber es zahlt sich aus.«

Als ich wieder unten auf dem Trottoir der Taunus-Anlage stand, war ich erleichtert. Im großen und ganzen war ich gesund, von den üblichen Abnutzungserscheinungen abgesehen. Die seelischen Extravaganzen, denen ich seit einiger Zeit ausgeliefert war, rührten nicht von irgendeiner organischen Erkrankung her. Konsultationen in Zürich, zu ihrer Aufklärung und Beseitigung, kamen überhaupt nicht in Frage; ich fühlte mich alt genug, selber mit meiner kleinen Neurose oder was es war fertig zu werden.

Im gleichen Augenblick spielte mir meine frisch erworbene Empfindsamkeit einen neuen Streich. Ich erinnerte mich an Klaus, und ich entschloß mich, ihn aufzusuchen. Ich komme oft nach Frankfurt, und jedesmal denke ich daran, daß Klaus hier lebt, aber bisher habe ich es, trotz der Bitten meiner Frau, die ihn von Zeit zu Zeit besucht und ihm Geld zusteckt, abgelehnt, ihn wiederzusehen. Angeblich studiert er hier, aber wie ich ihn kenne, hört er nur wahllos Vorlesungen und lebt von Gelegenheitsarbeiten und der undurchsichtigen Gunst seltsamer Freunde. Er macht krumme Sachen. Er ist hochbegabt, er erledigt alles, wofür andere zwei Stunden brauchen, in zehn Minuten, und zwar gut, und er macht krumme Sachen. Er macht sie so nebenbei; in Wirklichkeit möchte er große und gerade und gute Sachen machen. Er hat keine Ausdauer. Er ist eigentlich immer traurig, eine ziellose und unbezähmbare Traurigkeit erfüllt ihn, aber er ist traurig, ohne sentimental zu sein, und er kann deshalb sehr lustig und witzig und unterhaltend sein. Auf Parties ist er sicherlich ganz groß. Als er genug von uns hatte, als es zu Hause nichts Neues mehr für ihn zu entdecken gab, ist er weggegangen, ein halbes Jahr vor dem Abitur. Zuerst blieb er nur eine Woche verschwunden, er kam zurück, ziemlich reumütig sogar, aber vier Wochen später ging er endgültig. Ich habe ihn beim zweitenmal nicht mehr gesucht und auch meine Frau gebeten, ihn nicht zu suchen. Er hat sich einen Sommer im Süden herumgetrieben, und dann hörten wir von Bekannten, er habe sich in Frankfurt etabliert. Schließlich hat er auch uns wieder ein Lebenszeichen gegeben. Es schien ihm ziemlich dreckig zu gehen.

Während ich im Taxi saß, wunderte ich mich, daß ich überhaupt seine Adresse im Kopf hatte. Aber ich hatte nicht nur seine Adresse im Kopf, sondern ihn selber, ganz so wie er ist. Ich fühlte mich gereizt und hatte ein ungutes Gefühl. Die Leipziger Straße erwies sich als eine laute, von der Straßenbahn durchklingelte und schäbige Kleinbürgerstraße. Von meiner Frau wußte ich, daß er im Keller des Hauses Nr. 73 wohnte. Der Keller war als technisches Büro aufgemacht, aber er war staubig und machte einen verlassenen Eindruck. Ich entdeckte Klaus in einem Verschlag am Ende des Kellers. Er lag noch im Bett, obwohl es gegen zwölf Uhr Mittag ging, aber er war so schnell auf und angezogen wie ein Schatten. Er gab kein Zeichen von Überraschung von sich, als er mich sah, aber er schien wirklich erfreut zu sein. »Oh, Vater, du bist es!« sagte er. Wir gingen ein paar Minuten die Leipziger Straße entlang und den gleichen Weg wieder zurück und unterhielten uns über seine Studien. Ich tat so, als nähme ich sie ernst. Klaus ist groß und mager und schwarzhaarig; noch in den schäbigsten Klamotten sieht er elegant aus. Ich ahne nicht, woher er sein elegantes Aussehen hat; von mir gewiß nicht. Ich fragte ihn nach Mädchen aus, aber offensichtlich hatte er keines, das ihn besonders beschäftigte. Während ich mit ihm auf und ab ging, wußte ich, daß ihm unter keinen Umständen und mit gar keinem Mittel zu helfen war; aber zugleich hatte ich das sichere Gefühl, bei diesem Jungen etwas versäumt zu haben, unwiderruflich versäumt. Es war ein scheußliches Gefühl. Ich gab ihm zwei Hundertmark-Scheine, und er nahm sie auf die genau richtige Weise: ohne eine Spur von Unterwürfigkeit und ohne Arroganz, ganz einfach lautlos erfreut. Er zündete sich eine Zigarette an; ich sah ihm zu und bemerkte, wie seine Hände zitterten. Wir sprachen noch eine Weile, auf der Straße stehend, über alles mögliche, und die ganze Zeit über zitterten seine Hände. Es ging mir an die Nieren; früher, ehe ich diese Anfälle von Reizbarkeit hatte, wäre mir der Anblick von Klaus' zitternden Händen nicht so an die Nieren gegangen. Ich muß wohl mehr oder weniger unzurechnungsfähig gewesen sein, weil ich nicht auf die Idee kam, ihn zum Mittagessen einzuladen. Statt dessen floh ich. Ich verabschiedete mich hastig, nahm eine Straßenbahn und fuhr in die City zurück.

4

Nach Köln zurückgekehrt, erzählte ich meiner Frau von meinem Besuch bei Klaus. Sie hörte mir, wie es ihre Art ist, scheinbar unbewegt zu. Seitdem sie angefangen hat, Porzellan zu sammeln, ist sie kühl geworden. Kühl und glatt. Es war nach dem Abendessen und wir saßen in dem großen living-room unseres Hauses in Thielenbruch. Ich habe das

Haus vor sechs Jahren von einem modernen Architekten bauen lassen, und meine Frau hat es sehr geschmackvoll eingerichtet, nicht in der üblichen Mischung aus Knoll International und Barock, wie man sie heute überall findet, sondern durchgehend mit ein paar alten rheinischen Stücken, Eifeltruhen und Schränken aus der jülicher Gegend, den Resten unseres beiderseitigen Familienbesitzes. Die Sachen wirken in einem modernen Haus nicht mehr schwer, sondern nur ruhig und wertvoll. Der Vater meiner Frau war Ziegeleibesitzer in Rheine; sie stammt also auch aus einer alten Industrie-Familie, aus einer Industrie, die, wie Papier, mehr ein Gewerbe ist als eine Industrie. Sie ist klein und mager und immer tadellos angezogen; seit ein paar Jahren haben ihre Haare angefangen grau zu werden, und sie färbt sie daher diskret auf, nach einem dunklen Rot hin. Sie ist noch immer recht angenehm anzusehen, wenn man davon absieht, daß sie fast gar kein Kinn hat; früher ist mir das nicht so aufgefallen, jetzt stört es mich immer mehr. Außerdem trägt sie zuviel Schmuck; er gibt ihr etwas Glitzerndes und Klirrendes, das mich nervös macht.

»Nett von dir, daß du endlich einmal den Weg zu Klaus gefunden hast«, sagte sie, als ich meine Erzählung beendet hatte. Mir lag eine scharfe Erwiderung auf der Zunge, aber in diesem Augenblick kam Monika herein, schon im Pyjama, um gute Nacht zu sagen. Sie schmiegte sich an mich und begann mit ihrer großen Gute-Nachtsage-Zeremonie, die sie jedesmal anstellt, damit sie noch etwas aufbleiben darf. Unser living-room – Wohnzimmer kann man solche Räume ja nun wirklich nicht mehr nennen – besitzt ein riesiges Fenster, und während Monika Schulgeschichten erzählte, blickte ich auf die roten Leuchtbuchstaben der großen Brauerei Wulle in Dellbrück. Als ich unser Haus bauen ließ, war es noch gänzlich von Wald umgeben; vor zwei Jahren hat die Stadt den Wald im Südosten abholzen lassen, seitdem sehen wir nachts immer aus unserem großen Aussichtsfenster auf die roten Reklamebuchstaben. Es ist zum Lachen, daß man ein Haus für eine Viertelmillion baut, um dann in der Nacht nicht mehr die Sterne zu sehen, sondern das rot glänzende Wort Wulle.

»Monika, du mußt nun wirklich ins Bett gehen«, sagte meine Frau, und Monika verabschiedete sich gehorsam und ohne in der Zärtlichkeit ihrer Küsse einen Unterschied zwischen meiner Frau und mir zu machen. Sie ist ein kluges Kind.

Als sie gegangen war, sagte ich zu meiner Frau: »Du hast mir nie erzählt, daß Klaus' Hände zittern. Wenn ich es mir recht überlege, so hast du mir überhaupt nie erzählt, wie es wirklich mit ihm steht.«

»Zittern seine Hände?« fragte sie erstaunt. »Ich habe das nie bemerkt.«

Seit mehreren Jahren habe ich Affären mit anderen Frauen, Damen aus unserem Bekanntenkreis. Solche Episoden entwickeln sich regelmäßig aus den Parties, die wir besuchen oder selbst geben, wie es Usus ist. Im Anfang haben dergleichen Verhältnisse immer viel Reiz; eine fremde Frau – das ist etwas Geheimnisvolles; die Sache beginnt stets mit einem gewissen Flair, wenn man auch meistens kein großes Risiko eingeht, in unseren Kreisen. Ich weiß nicht, ob dieses Leben-und-leben-Lassen bei uns ein Ausdruck von Kultiviertheit ist oder eine ganz besonders vertrackte Art von Barbarei. Professor Thiele hätte ich übrigens auf seine Frage eine ganz klare und beruhigende Antwort geben können. Später bin ich gewöhnlich froh, wenn solche Angelegenheiten vorbei sind; die längste von ihnen hat einmal ein halbes Jahr gedauert, und ich bewahre noch sentimentale Erinnerungen an sie. Ob meine Frau von diesen Dingen etwas bemerkt, ahne ich nicht; anzumerken ist ihr jedenfalls nichts. Ihr Porzellan-Hobby scheint sie völlig zu beschäftigen. Irgend jemand hat mir einmal erklärt, daß eine Sammler-Leidenschaft leicht etwas Abgründiges bekommen kann.

»Ach, weißt du«, hörte ich meine Frau lachend sagen, »Klaus ist ein wunderbarer Schauspieler. Wenn er will, versteht er es glänzend, Mitleid zu erregen.«

Ich brachte es nicht fertig, sie anzusehen, so haßte ich sie in diesem Augenblick. Statt dessen blickte ich auf die Vitrine mit ihrer Porzellansammlung, die links von unserem großen Aussichtsfenster steht, etwas abgerückt von der Wand, so daß man um sie herumgehen und alle Stücke von allen Seiten betrachten kann. Meine Frau sammelt hauptsächlich Chelsea, hat aber auch einige gute Stücke Alt-Berlin. Ich kann diesem Zeug nichts abgewinnen, im besten Falle finde ich es freundlich, aber es hat meine Frau nicht freundlich gemacht, sondern nur kühl und glatt. Einmal habe ich den Versuch gemacht, ihrer Manie eine neue Wendung zu geben, indem ich auf einer Auktion bei Boerner für sie ein chinesisches Stück ersteigerte, das mir auf den ersten Blick ins Auge stach – einen sehr alten, jadegrün glasierten, liegenden Widder, mächtig und kolossal einfach, ohne alle Verzierungen. Sie hatte ihn sehr bewundert. »Aber weißt du«, hatte sie gesagt, »das ist natürlich nicht Porzellan, sondern Ton.« Immerhin hatte sie den Widder in ihrer Sammlung geduldet, oder vielleicht hatte sie nur nicht gewagt, ihn zu entfernen, um mich nicht zu verletzen. Seitdem lagerte er in sich gekehrt, drohend und fremdartig inmitten der zierlichen europäischen Porzellane.

Ich stand plötzlich auf und ging zu der Vitrine hinüber.

Der kleine Schlüssel stak, ich öffnete die Türe und nahm den Widder heraus.

»Was machst du da?« hörte ich meine Frau sagen, mit einer leisen und schrillen Stimme.

»Ich bin auch ein Schauspieler«, sagte ich. »Wie Klaus«, sagte ich, »vielleicht nicht ganz so wunderbar.«

Ich sah sie noch immer nicht an, aber ich wußte, daß sie aufgestanden war und starr mit dem Rücken zum Fenster, hinter dem das Wort Wulle rot leuchtete, stand und mich beobachtete.

Ich schmetterte den Widder mit voller Wucht zu Boden. Der Boden unseres living-room ist mit grauen Steinplatten ausgelegt, und dort, wo ich stand, war kein Teppich. Der Widder zerfiel in tausend Stücke. Wenn man ein Stück Ton zu Boden wirft, zerbricht es nicht: es zerkrümelt förmlich. Der Widder war nicht zerbrochen; er hatte sich in ein Häufchen Tonkrümel aufgelöst, er war auf einmal – wie soll ich das sagen? –, er war auf einmal nicht mehr da. Er war verschwunden wie durch Zauberei.

Jetzt sah ich meine Frau an. Sie stand noch immer starr da. Ihre linke Hand hatte sie, zur Faust geballt, vor den Mund gepreßt. Auf diese Weise konnte ich gar nicht mehr sehen, daß sie überhaupt kein Kinn hat. Noch einen Moment stand sie so, dann ging sie schnell hinaus. Ihr Schmuck klirrte.

Ich betrachtete noch eine Weile den Platz, wo sie gestanden hatte, und dann blickte ich wieder auf die Tonkrümel zu meinen Füßen, und plötzlich mußte ich lachen. Ich hatte etwas getan, worüber sich die Karikaturenzeichner lustig machen: ich hatte mit Geschirr geworfen. Daß mein Geschirr eine zweitausend Jahre alte chinesische Grabbeigabe war, die in kunstgeschichtlichen Werken abgebildet worden ist, änderte nichts daran, daß ich mich benommen hatte wie eine Witzblattfigur.

Ich ging in die Küche, holte einen Handbesen und eine Schaufel und kehrte die Krümel zusammen. Dann leerte ich eine Zigarrenschachtel und tat die Überreste des Widders hinein. Ich ging in mein Arbeitszimmer – dort schlafe ich auch – und verbarg die Schachtel hinter ein paar Büchern. Ich nahm ein Luminal. Ich bin nicht nur überempfindlich geworden, dachte ich, ich bin nicht nur Besitzer einer bildschönen kleinen Neurose, die bis zu geistigen Störungen geht, jetzt fange ich auch noch an, regelrecht hysterisch zu werden. Ich durchlebte ein paar deprimierende Minuten, ehe das Luminal wirkte.

Alte Peripherie

I

In der Leonrodstraße stand der Dezember, graubraun um fünf Uhr nachmittags. Franz Kien wartete damals auf die Arbeitslosigkeit. In drei Monaten, Ende Februar, war seine Lehrzeit zu Ende. Der Chef hatte gesagt, daß er ihn nicht über die Lehrzeit hinaus behalten würde, nicht einmal zu einem Taschengeldlohn. Rudi Melzer hatte schon seinen Wintermantel an, grau, Fischgrätenmuster. Otto Raab trug einen schwarzen Schal um den Hals und hatte den Kragen seiner Windjacke hochgeschlagen. Sie gingen auf die Rupprecht-Oberrealschule, Untersekunda, während Franz Kien schon arbeitete. Rudi Melzer war schlank, guter Leichtathlet, gut bei Kasse, Windhundtyp, studierte später an der TH, wurde Textilingenieur, heiratete in der Nazizeit eine sächsische Fabrikantentochter, wurde sicher reich, hat sicher die angeheirateten Fabriken verloren, als die Russen Sachsen besetzten – wenn er nicht vorher in Rußland gefallen ist, denn das Letzte, was Franz Kien einmal über ihn hörte, war, er sei Soldat und in Rußland –, ist jetzt [aber vielleicht ist er ja in Rußland gefallen] sicher wieder reich, falls nicht seine Windhundnatur durchgebrochen und er infolgedessen für nicht kreditwürdig erklärt worden ist. Otto Raab, groß, stark, zuverlässig, breites Gesicht, fast in allen Fächern eine Drei, ging später zur SA, höhere technische Laufbahn bei der Stadt, nie wieder hörte Franz Kien etwas von ihm, ist vielleicht gefallen. Von diesen Jahrgängen sind die meisten gefallen. Es war kalt. Sie standen an der Ecke, wo sich Griebls Delikatessengeschäft befand, in dem Kiens Mutter hatte anschreiben lassen, ehe Kiens Vater gestorben war, vor einem Jahr. Seitdem schaffte Kiens Mutter die Familie wieder hoch. Die Leonrodstraße hatte schon elektrische Beleuchtung, während in der Neustätterstraße der Laternenanzünder von einer Gaslaterne zur anderen ging. Rudi Melzer hatte zu Franz Kien und Otto Raab gesagt, er habe jetzt das Geld. Sein Gesicht war schlank und lässig. Dunkelblonde Haare, dunkelblonde Wimpern. Er hatte zu Hause siebenhundert Mark verschwinden lassen können, ohne daß es vorläufig auffallen würde. Sein Vater war Kaufmann, erfolgreich, vorsichtig, ein stiller Herr, der mit niemandem sprach, selten auch nur mit seinem Sohn. Rudi Melzer war einziges Kind in einer polierten Wohnung. Die Mutter war still wie der Vater, eine schüchterne Dame, aber freundlich. Eine Trambahn, Triebwagen mit Anhänger, fuhr durch die Leonrodstraße, verwischt und blau durch den graubraunen Dezember um fünf Uhr am Nachmittag. An der Ecke Albrechtstraße konnte Franz Kien eine Gruppe junger Arbeitsloser stehen sehen, schwarz, manchmal in Bewegungen ausbrechend, dann wieder zu dichten Gesprächen zurückkehrend. Rudi Melzer schlug vor, sie sollten sich am Samstag um drei Uhr am Hauptbahnhof treffen und dann irgendeinen Fernschnellzug nehmen. Keinen Koffer natürlich, nur das Allernötigste, aber den besten Anzug. Franz Kien und Otto Raab stimmten ihm zu. Samstag um drei war der früheste Termin, an dem sie zu Hause wegkamen, nach der Schule, nach der Arbeit, erst spät abends würden die Familien unruhig werden, erst in der Nacht sich die Eltern schließlich an die Polizei wenden. Heute war Donnerstag, Anfang Dezember. Franz Kien hatte einen Botengang machen müssen und war früher als sonst aus dem Büro nach Hause gekommen. Er hörte den beiden anderen zu, wie sie noch über ihre Mathematikaufgaben sprachen. Rudi Melzer erklärte Otto Raab irgend etwas aus der Algebra; er war ein guter Mathematiker. Sie sprachen miteinander so, als würden sie noch weiter auf die Schule gehen. Franz Kien hatte die Mathematik nie begriffen. Jetzt arbeitete er schon, nachdem er vor zwei Jahren die Obertertia verlassen hatte. Er trug einen billigen rotbraunen Anzug, gestreift, und darüber eine Windjacke, wie Otto Raab. Er fror, aber es machte ihm nichts aus. Doch er hatte Hunger, weil er seit Mittag nichts gegessen hatte, und er sah gierig nach den Sachen im Schaufenster von Griebls Delikatessengeschäft, aber er ging nicht nach Hause, weil er noch mit seinen Freunden zusammen sein wollte. Er war mit ihnen auf der Schule gewesen und mit ihnen befreundet geblieben. Manchmal, wenn er ihnen zuhörte, wie sie über Algebra sprachen, fragte er sich, was er eigentlich noch mit ihnen zu tun habe. Gegenüber lag die Lacherschmied-Wiese, blaugrau und nebelig; sie unterbrach die jenseitige Häuserreihe der Leonrodstraße. Es war noch nicht ganz dunkel, so daß Franz Kien hinter der Lacherschmied-Wiese die Bäume der Landshuter Allee sehen konnte. Franz Kien mochte Rudi Melzer sehr gern. Es war fabelhaft von Rudi Melzer, daß er die siebenhundert Mark nicht für sich allein verbrauchte, sondern mit ihm und Otto Raab zusammen wegfuhr, daß er nicht daran dachte, am Samstag mit ihnen zu fliehen. Er war sich ganz im klaren darüber, daß er nicht die geringste Absicht hatte, am Samstag um drei Uhr zum Hauptbahnhof zu kommen, obwohl er das Unternehmen wochenlang mit ihnen beraten hatte. Rudi Melzer hatte die Idee aufgebracht, aber Franz Kien hatte sie verfolgt, weil sie radikal war und eine Verschwörung ergab. Ohne Franz Kien hätte Rudi Melzer die Idee vielleicht aufgegeben. Otto Raab machte einfach mit. Von den jungen Arbeitslosen Ecke Albrechtstraße besaßen einige keine Mäntel; sie hatten die Hände in die Hosentaschen gesteckt. Im Westen war der Himmel über der Lacherschmied-Wiese noch immer korkenhell; rauchig zogen die Nebel sich unter ihm zusammen. An den Samstag um drei denkend, begriff Franz Kien, daß ihr radikales Geheimnis, dem eine Verschwörung gedient hatte, aufhören würde, ein Geheimnis zu sein. Er zweifelte daran, daß die beiden anderen kommen würden, denn was für Gründe hatten sie überhaupt, eine Flucht zu unternehmen, die, wenn das Geheimnis gelüftet war, mit dem Wort Ausreißen bezeichnet werden würde? Sie kapierten Formeln wie $s_n = \frac{a_1 - a_{nq}}{1 - q}$ oder $s = \lim\limits_{n - \infty} s_n = \frac{a_1}{1 - q}$, die Franz Kien nicht mehr hatte begreifen können, weil sein Gehirn nicht genügend zur schnellen Kombinatorik abstrakter Werte veranlagt war. (Seine Intelligenz hatte noch für die Geometrie ausgereicht, denn es war nicht abstrakt, darzustellen, wie der Rauminhalt des Quadrats über der Hypotenuse demjenigen der Quadrate über den beiden Katheten entsprach.) Rudi Melzer hatte in Mathematik eine Eins und Otto Raab schob immerhin seine Drei heraus; also gehörten sie dorthin, wo sie waren. Sie gehörten dazu. Wenn sie ausrissen, schlugen sie nur eine Volte, die sie auf den geraden Weg wieder zurückbrachte. Franz Kien grüßte Frau Zander, die an ihnen vorbei in Griebls Delikatessengeschäft eintrat, wobei sie sich im Gegenlicht für eine Sekunde in einen schwarzen Umriß verwandelte, denn es war nun fast dunkel auf der Straße geworden. Noch ihr Umriß enthielt eine Nachricht von ihrem kranken Sohn, dem kleinen Beamtengehalt ihres Mannes. Kalte Dunkelheit; aus ihren Mündern stieg Rauch auf. Franz Kien hatte überhaupt keinen Grund mitzumachen; während er in den letzten Wochen diese radikale Sache mit ihnen besprochen hatte, war ihm aufgegangen, daß etwas viel Besseres auf ihn wartete: die Arbeitslosigkeit. Er würde frei sein. Seine Mutter bekam eine Rente, und sie würde immer das Essen und etwas Taschengeld für ihn bereit halten; er würde die Zeit ganz zu seiner Verfügung haben. Er hatte allerhand vor. Das war viel besser, als mit Rudi Melzers siebenhundert Mark irgendwohin zu fahren.

2

Das Mädchen, von dem sie nichts wußten, als daß es Edith hieß, kam die Leonrodstraße entlang, von der Landshuter Allee her. Franz Kien und Otto Raab hatten es schon von weitem beobachten können, wie es zum erstenmal unter dem Lichtkegel einer elektrischen Lampe schmutzigweiß aufglomm. Rudi Melzer konnte es nicht sehen, denn er stand mit dem Rücken zu der Richtung, aus der es kam. Es näherte sich, und auch Rudi Melzer wandte sich um, ohne daß die beiden anderen ihn aufmerksam gemacht hätten. Diese Edith war im ganzen Viertel bekannt; sie trug immer einen schmutzigweißen Trenchcoat mit Achselklappen. Sie ließ ihre Knie sehen. Diese Edith hatte einen herausfordernden, zögernden und wehrlosen Gang. Sie ging immer allein. Jetzt wurden die jungen Arbeitslosen Ecke Albrechtstraße unruhig, sie stellten sich in Gruppen zu zweien oder dreien locker auf und erwarteten die Edith. Sie ging auf der anderen Straßenseite, und als sie an der Kreuzung der Neustätterstraße anlangte, wo die drei standen, konnte Franz Kien ihr blasses, von Schatten grundiertes, traumhartes Gesicht unter ihren glatten, unbestimmt dunklen Bubikopfhaaren sehen. Otto Raab begann ihr zu folgen, mit einem Schritt trat er aus dem Lichtschein von Griebls Delikatessengeschäft heraus und folgte dieser Edith, ohne die Leonrodstraße zu überqueren; er ging mit ihr auf gleicher Höhe und ließ sie nicht aus den Augen. Rudi Melzer und Franz Kien gingen hinter ihm her, sie machten sich über ihn lustig, aber auch Franz Kien wurde ungeduldig, als ein blauer verwischter Wagenzug der Linie 22 ihnen für einige Sekunden die Sicht auf das Mädchen nahm. Es kam bei den Vorposten des Arbeitslosentrupps an und ging kreiselnd, zögernd, wehrlos durch die aufgestellten Gruppen von Figuren, Rufen und Pfiffen. So ging das immer zu, wenn diese Edith im Viertel auftauchte. Sie passierte die Waldung aus jungen Männern, die ihr folgten wie Otto Raab, ein wanderndes Gehölz aus schwarzen, struppigen, mageren Umrissen. Rudi Melzer und Franz Kien blieben Ecke Albrechtstraße, wo das Arbeiterviertel begann, stehen; nur Otto Raab folgte den Arbeitslosen und dem Mädchen weiter, die Leonrodstraße entlang. Franz Kien blickte auf die Trambahngleise, die in der Nacht eisern schimmerten. Auf der rechten Seite der Straße standen hier keine Wohnhäuser mehr, sondern die langen fensterlosen Mauern der Wagenremisen, die zur Max II.-Kaserne und zur Artilleriekaserne gehörten. Hinter diesen Remisen lagen, wie Franz Kien wußte, weite, leere, leblose Plätze. Das Gras, das zwischen den Fugen ihrer Steine wuchs, wurde gejätet. Franz Kien erinnerte sich, daß Otto Raab einmal zu ihm gesagt hatte, wenn wir wieder Soldaten hätten, gäbe es keine Arbeitslosen mehr. Aber Franz Kien liebte den Gedanken an weite, leere, regungslose Plätze zwischen großen, verlassenen Gebäuden. Die Vorstellung, München sei von allen Menschen verlassen und er, Franz

Kien, ginge ganz allein in den von seinen Schritten widerhallenden Straßen umher, war eine seiner Lieblingsvorstellungen. Otto Raab kam zurück und erzählte, diese Edith sei in die ›Frische Quelle‹ gegangen, wo sie an der Theke ein Bier getrunken und mit einem Mann gesprochen habe. Er atmete heftig; es schien ihm unendlich wichtig, dies erfahren zu haben. Franz Kien wußte jetzt, warum Otto Raab die Flucht mitmachen wollte: er hoffte, ihr Ausbruch würde seinen starken, großen, dummen Körper von einer Last befreien. Er war derjenige von ihnen, der am dringendsten eine Frau brauchte. Rudi Melzer brauchte sie noch am wenigsten, obwohl er sie am leichtesten bekommen würde. Er war leicht, locker athletisch, gut bei Kasse, seine dunkelblonden Wimpern bewegten sich mühelos auf und nieder. Sie sprachen noch eine Weile miteinander, ehe sie sich trennten, an der Ecke Albrechtstraße, an der jetzt keine Arbeitslosen mehr standen. An einem rotbraunen niedrigen Eckhaus fluoreszierten kalt die Fetzen abgerissener Parteiplakate. Nach dem Abendessen fläzte Franz sich auf dem alten Kanapee und las in der Zeitung die Berichte über den Krantz-Prozeß. Die Hilde Krantz war eine berliner Primanerin, die mit zwei Klassenkameraden gegangen war. Der eine von ihnen hatte den anderen erschossen. Franz betrachtete immer wieder alle Bilder von Hilde Krantz, die in den Illustrierten erschienen. Es kam ihm vor, als habe diese Edith Ähnlichkeit mit der Hilde Krantz – das gleiche blasse, zarte, fordernde Gesicht, ein Gesicht, an das man sich nur schwer erinnern konnte, weshalb der heftige Wunsch, sich an es erinnern zu können, etwas Quälendes bekam. Franz hätte sich gern mit seinem Bruder Matthias über den Krantz-Prozeß unterhalten, aber das war unmöglich. Matthias saß am Tisch, er hatte ein großes Kanzleibuch vor sich aufgeschlagen und übertrug aus Weyers Taschenbuch der Kriegsflotten Tabellen auf das Aktenpapier. Mit Tinte, in einer vollkommen ausgebildeten, kleinen, in sich geschlossenen Handschrift ordnete er Schiffsnamen, Typenbezeichnungen, Tonnagen, Seemeilenziffern und Bestückungsangaben sorgfältig nebeneinander, so daß blaue symmetrische Zeichenfelder entstanden. Matthias war vier Jahre älter als Franz, also zwanzig. Er war nicht arbeitslos, sondern Gehilfe in einem Musikaliengeschäft am Odeonsplatz. Er spielte Klavier. Sein Gesicht war klein, von einem matten Dunkelbraun, auch im Winter; manchmal wirkte es fast javanisch. Er konnte nicht einmal zur Handelsmarine, weil er kurzsichtig war, Brillenträger. Gelegentlich zeichnete er auch Karten, unendlich liebevoll. Sein Hauptwerk war ein großer Stadtplan von Wien gewesen, mit Tusche und Farben, maßstabgetreu, als Geschenk für ihre Mutter, die aus Wien stammte, begonnen, aber Franz hatte ihn während seiner Entstehung zerstört, indem er, bei einem Streit mit Matthias, ein Glas Tusche über die schon weit fortgeschrittene Arbeit ausleerte. Matthias hatte nicht einmal etwas gesagt; er hatte nur schweigend das vernichtete Blatt vom Reißbrett gelöst, und seither hatte er keinen Karten-Entwurf mehr begonnen. Franz hatte die Zeichnung gar nicht im Jähzorn beschädigt, sondern einem kalten, boshaften Entschluß folgend, insgeheim lachend. Seine Mutter war betroffen gewesen; auch sie war fast stumm geblieben. Die Platte des Tisches, auf dem Matthias schrieb, war rotbraun poliert, aber die Politur war an den Rändern hell abgewetzt. Es war der gleiche Tisch, an dem Franz' Vater mit seiner Mutter und zwei befreundeten Damen jahrelang einmal in der Woche Tarock gespielt hatte. Neben dem Tisch stand das Klavier, Marke Kirchheim-Teck, gleichfalls braun.

Ein eiserner Dauerbrandofen verbreitete Hitze im Zimmer. Die graugrüne Seide des Lampenschirms über dem braunpolierten Tisch war zerschlissen. Als Franz mit der Zeitung fertig war, begann er ein Buch zu lesen, einen Kriminalroman von Edgar Wallace, Die grünen Augen von London.

3

An der Haltestelle Albrechtstraße war die Trambahn am Morgen, wenn Franz einstieg, nur wenig besetzt. Erst an der nächsten Haltestelle, Rotkreuzplatz, wurde sie voll. Franz stellte sich immer auf die hintere Plattform des Triebwagens, weil er dort seine Ledermappe auf dem nicht benutzten eisernen Lenkungsgehäuse abstellen konnte. Er lehnte sich an das Gehäuse und las. Es hatte keinen Zweck für ihn, sich ins Wageninnere zu setzen, weil während der Fahrt zu viele ältere Leute einstiegen, denen er Platz hätte machen müssen. Dann hätte er gedrängt gestanden. Es war besser, sich gleich einen bequemen Stehplatz zu suchen. Er hatte wieder seinen rotbraunen Anzug an, darüber die Windjacke, unter dem Jackett trug er einen dicken Pullover. Franz war damals 1,76 Meter groß; er wuchs in diesen Jahren noch und erreichte 1,79 Meter Größe. Sein Gesicht war länglich und blaß, seine Haare – er trug keine Kopfbedeckung – dunkelbraun und kurz gekraust. Im ganzen wirkte er lang aufgeschossen, aber nicht mager und knochig, sondern eher weich und unbestimmt. Damals hatte die Linie 22 noch keine schließenden Türen, sondern, wie alle Peripherie-Linien, aufklappbare Scherengitter. Nur bei den Linien, die ins Stadtzentrum fuhren, konnten die Plattformen durch Türen geschlossen werden. Franz machte der kalte Zugwind nichts aus, weil er den dicken Pullover anhatte. Obwohl er gespannt Die grünen Augen von London las, schloß er manchmal das Klappgitter. Es ärgerte ihn, wenn der letzte, der eingestiegen war, das Gitter offenließ. Er fuhr immer um Viertel vor sieben, das war im Dezember die Zeit, in der es gerade hell wurde, aber die Trambahn war immer noch erleuchtet, so daß die Gegenstände und die Luft draußen dunkler erschienen, als sie es waren, wenn man ausstieg. Die Trambahn war eine von innen illuminierte Glasraupe, die sich durch das finstere Laub und Gras der Vorstädte fraß. Aus dem Buch von Wallace stiegen englische Namen auf wie fremder Rauch: Golders Green, Barkerley Station, Inspektor Saunders. Als der Wagen sich füllte, kamen auch Mädchen herein, und Franz mußte dann seine Lektüre unterbrechen, um ihre süßen Gesichter beobachten zu können. Wenn sie aufmerksam wurden, wandte er seinen Blick ab und las weiter. Am Rotkreuzplatz stiegen viele Leute ein. Franz blickte zur Wendlstraße hinüber. In der Wendlstraße hätte er gern gewohnt, ohne genau sagen zu können, warum, vielleicht weil ihre Häuser lichter verputzt waren und die beiden Straßenseiten weiter auseinander standen. Mit der Wendlstraße begannen die ruhigen Viertel, die beim Schloß Nymphenburg endeten, Viertel, die ruhig waren, ohne direkt langweilig zu sein, hellgraue Straßen, noch im Herbst von gelegentlichen Blumenreflexen, Gartengeraschel und Erwartungen durchflossen. In diesem Viertel gab es, je nach der Jahreszeit, Schlittschuhläufer, Prozessionen und Einladungen zu Kakao und Kuchen. Aber die Linie 22 wandte sich von dieser Gegend ab und fuhr die Donnersberger Straße entlang. Während die kahlen Bäume der Donnersberger Straße an den ungepflasterten Rändern der Gehsteige standen, folgte Franz einem jungen Mann, der gelassen durch eine gefährliche Straße im Londoner East End ging. Später, als er arbeitslos und Kommunist geworden war, drang Franz Kien in das Viertel um die Donnersberger Straße ein, in dem Fabrikarbeiter, Eisenbahnbeamte, Handwerker, Verkäuferinnen, Hausfrauen und Kinder wohnten, in die zementfarbenen Gevierte von flachen Blökken, die große Höfe umschlossen, Höfe mit Wäschestangen, Karren, Fahrrädern, Kehrichttonnen und alten Zeitungen. Die Wohnungen, die er kennenlernte, unterschieden sich wenig von den Wohnungen, die er bis dahin gekannt hatte; sie waren nur verwohnter, zweckmäßiger und um eine Spur weniger hoffnungslos, und ihre Bewohner waren leichter bereit, auf die Straße zu treten. Dort, wo Franz Kien wohnte, gingen nur die Kinder und Jugendlichen gern auf die Straße. Während diese Blöcke grau und einförmig waren, standen auf der linken Seite der Donnersberger Straße hohe und ärmere Häuser mit farbig abbröckelndem Verputz in Rotbraun und schmutzigem Gelb, in denen sich unten Wirtschaften, Kramläden, Gemüsegeschäfte, Bäckereien und Metzgereien befanden. Nur die Milchläden hatten schon auf; in ihnen herrschte kaltes weißes Licht. Da Franz in Neuhausen wohnte und in Sendling arbeitete, kam er in jenen Jahren nur selten aus den Vorstädten heraus. In den Vorstädten veränderte sich damals nichts. Stumm, in sich gekehrt, schlaflos hörten sie auf den dünnen, immer wieder aussetzenden Atem der Fabriken. Weil das Pflaster ihrer Straßen in Bewußtlosigkeit versunken war, herrschten auf ihm Elend und Freiheit. Vor dem Schund der Häuserfassaden, der Tafeln aus verschmierten Ziegelfronten eilten die Arbeitslosen hin und her. Ihre Bewegungen wurden vom Zufall gelenkt. Es war eine Zeit starker Leidenschaften und alter Trambahnen, regungsloser Kasernen und Anarchie, dazu bestimmt, in ein Schicksal zu münden. Nachdem es erfüllt worden ist, erheben sich neue Häuser, in denen nur noch schwache Leidenschaften glühen. Gelenkte Bewegungen verbrennen in Motoren. Die Donnersberger Brücke unterbrach Franz' Lektüre, weil auf ihr das Fahrgeräusch der Trambahn hohl und dröhnend wurde. Er blickte auf die Eisenbahngleise hinab, auf denen Züge standen. Eine unter der Brücke rangierende Lokomotive hüllte für Momente den Wagenzug der Linie 22 in eine weiße Dampfwolke. Die Leute standen jetzt eng aneinander gepreßt auf der Plattform, ein Bündel Existenzen, das durch eine weiße Wolke zur Arbeit fuhr. An der Haltestelle Landsberger Straße stiegen viele aus und viele andere kamen herein. Franz dachte an den Mann, den er fast jeden Tag beobachtete, wie er vor dem Haus an der Theresienwiese stand und wartete. Dieser Mann mußte irgend etwas vorhaben. Franz wollte ihn heute wieder beobachten. Er mußte es so einrichten, daß er den Hund des Chefs vor der Mittagszeit auf die Straße führte, auch wenn Fräulein Gehring dann gerade eilige Arbeit für ihn hatte. In der Zeit vor Mittag stand der Mann sicher vor dem Haus. Daran dachte Franz, während er an die Verabredung für morgen nachmittag am Hauptbahnhof mit Rudi Melzer und Otto Raab nicht dachte. Das Viertel um die Schwanthaler Straße, durch das die 22 jetzt fuhr, war genauso wie das Viertel auf der anderen Seite der Eisenbahn. Im Wagen waren die Lichter gelöscht worden, und draußen war es jetzt hell. Manchmal empfand Franz den Wunsch, aus der Peripherie ins Zentrum zu gelangen. Einige Punkte in der Münchner Innenstadt hatten für ihn eine gänzlich andere Bedeutung als das ganze Feld der Vorstädte. Solche Punkte waren für ihn das Schaufenster des Herrenschneiders van Hees und der Innenraum der Dreifaltigkeitskirche. Um die Berührung mit diesen Punkten nicht abzunützen – denn er wußte, daß ihre Bedeutung für ihn abnehmen würde, wenn er sie zu oft aufsuchte –, schob er Gänge in den Stadtkern immer wieder auf. Übrigens war das Schwanthaler Viertel doch ein wenig verschieden von den Bezirken um die Donnersberger Straße, weil es Industrie-Anlagen besaß, große Areale aus Bretterzäunen und Rost. Das Kino gegenüber der Waggonfabrik Rathgeber zeigte den Film Unterwelt mit Wallace Beery. Franz hatte ihn schon gesehen, aber er würde ihn sich noch einmal ansehen, nicht wegen der Szene am Schluß, in der Wallace Beery, in die Enge getrieben, sich schließlich mit einem Maschinengewehr verteidigte, ehe er starb, sondern wegen der Szenen vorher, Szenen aus wilden amerikanischen Straßen, Schritten, Lichtschein und Rauch. Franz wollte weder Detektiv noch Verbrecher werden, aber er wollte Kriminalfälle beobachten; in nächtlichen Städten umhergehen; lange und bewegungslos vor Häusern stehen, in dunklen Mauerwinkeln, neben Laternen und Pfützen; aus der geringfügigen Bewegung eines Lichts und eines Schattens, aus einem gedämpften Geräusch, dem Eintritt eines Mannes in ein düsteres Haus, dem Aufleuchten eines Streichholzes unter dem Gesicht eines Mädchens, das so aussehen würde wie diese Edith, aus Nebeln, Bierlachen und Messern etwas herauslesen, die Entstehung eines Verbrechens, die gemessenen Zeichen eines sorgfältigen Mords. Die Kinos ließen ihn jetzt herein; noch vor einem Jahr hatten er und seine Freunde ihr Alter angeben müssen und oft waren sie abgewiesen worden; dann gingen sie an den regnerischen Sonntagnachmittagen zum nächsten Kino und versuchten es dort. Noch früher waren die Stummfilme an ihnen vorbeigezogen, flimmernd und von Klavieren begleitet und verboten in kleinen, von Ödnis umregneten Sälen. Schale Unterwelten, die sie in die Landshuter Allee entließen. Am Sonntagmorgen war Franz während der Jahre, in denen sein Vater noch lebte, in der Christuskirche gewesen. Die Nummern der Gesangbuchverse standen weiß auf schwarzen Tafeln, die man in ihre Rahmen hineinschieben konnte. Einige der Lieder waren schön, Franz sang sie gern, aber ohne Überzeugung. Der Hauptpfarrer der Christuskirche hatte ein kraftvolles zartes Gesicht unter weißen Haaren. Die Linie 22 geriet mit einemmal an den Stadtrand, zwischen Schrebergärten und Wiesen, ehe sie Sendling erreichte. Franz stieg an der Sendlinger Kirche in die 6 um. Hier standen noch Häuser ländlichen Charakters mit weißen Giebeln. Der Wagenzug der 6, zwei Anhänger, war schwer und modern; er fuhr durch die Lindwurmstraße ins Stadtinnere. Aber Franz gelangte nicht bis dorthin, weil er an der Haltestelle bei den Großmarkthallen aussteigen mußte, um das Büro zu erreichen, in dem er seine kaufmännische Lehre abmachte. Die Fahrzeit in der 6 war zu kurz, um die Lektüre des Romans von Edgar Wallace noch einmal aufzunehmen. Franz steckte ihn in seine Mappe. In der Mappe befand sich ein Päckchen mit Frühstücksbroten, das Buch, ein feststehendes Messer, sonst nichts. An den Tagen, an denen er in die Berufsschule mußte, waren auch noch seine Schulbücher darin. Da die Büros damals noch keine durchgehende Arbeitszeit hatten, machte Franz diese Straßenbahnfahrt jeden Tag viermal. Er kam oft zu spät ins Büro.

4

Fräulein Gehring öffnete ihm die Türe. Sie war immer schon eine halbe Stunde früher im Büro, um die Arbeit vorzubereiten. Sie hatte ein Verhältnis mit dem Chef, der Junggeselle war. Der Chef war klein, in erstklassige Maßanzüge gekleidet, im Winter trug er Gamaschen; er hatte ein rundes, teigiges Gesicht. Fräulein Gehring war etwas größer als er, messerschmal, in ihrem dünn zugeschliffenen Gesicht saß als zweite Schneide eine Nase wie ein Vogelschnabel, habichthart und scharf. Sie hatte Launen. Wenn sie schlechter Laune war, strich sie im Büro umher, ordnete neue eilige Arbeiten an, wies Franz Fehler nach, jagte den Packer. Am Morgen begann Franz mit der Kontenführung. Er trug Lieferungen und Rechnungsbeträge in die Kundenkonten ein und steckte Reiter auf die Blätter: grüne auf Firmen, die vier, gelbe auf Firmen, die sechs, rote auf Firmen, die acht Wochen nicht bezahlt hatten. Das war Arbeit, die – obwohl sie keinerlei Intelligenz, sondern nur ein wenig Aufmerksamkeit erforderte –, insofern sie Arbeit war, sich von der Zwecklosigkeit der Algebra-Rechnung, mit der Rudi Melzer und Otto Raab noch beschäftigt waren, deutlich unterschied. Und obwohl Rudi Melzer und Otto Raab Algebra-Rechnungen bewältigten, die Franz Kien nicht bewältigt hatte, waren sie, weil sie noch nicht am Arbeitsprozeß teilnahmen, sondern auf der Schule zweckfreie Intelligenz-Kunststücke vollbrachten, doch nur spielende Kinder und ihre Flucht ein Ausreißen von Kindern, an dem Franz Kien sich nicht mehr beteiligen konnte. Die rot bereiterten Karten reichte Franz zu Fräulein Maschler, der Stenotypistin, hinüber, damit sie die Mahnformulare ausschreiben konnte. Fräulein Maschler war fünfundzwanzig, während

Fräulein Gehring schon über dreißig war. Fräulein Maschler war eine Hübsche, mollig, dantschig. Sie saß den ganzen Tag an der Schreibmaschine. Um neun Uhr kam die Post. Fräulein Gehring sortierte sofort die Bestellungen heraus, und Franz begann, Lieferscheine und Aufklebe-Adressen zu schreiben. Das Büro war ein kleines Versandgeschäft für Drogerie-Artikel, hauptsächlich Pharmazeutika. Der Chef, zwei Angestellte, ein Lehrling, ein Packer. Der Prozeß der Warenverteilung in Zwischenhandelsgeschäften. Vom Büro aus kam man in einen dunklen Lagerraum mit Regalen, dahinter war der Packraum. Am Nachmittag mußte Franz dem Packer Lechner helfen, was er gern tat, denn er konnte sich mit Lechner über alles in derben Witzen unterhalten. Außerdem hatte er das Packen gern, das Herrichten der Ware, das Abmessen der Wellpappe, ihr Einknicken mit dem Rücken der Scherenschneide, das Umlegen und Einfalten des Packpapiers, das Aufkleben der Adresse, das Verschnüren mit dem exakten Sitz des Anfangs- und des Zwischenknotens, das zufriedene Betrachten des fertigen sauberen Pakets. Das war produktive Arbeit. Außerdem führte Franz die Portokasse, und von Zeit zu Zeit mußte er mit Fräulein Gehring in den Lagerraum gehen, um die Bestände zu kontrollieren. Die Portokasse ergab häufig Differenzen, und er saß dann an den Spätnachmittagen lange und rechnete, bis er den Fehler gefunden hatte. Franz hatte damals einen ungenauen Zeitbegriff. Obwohl er ungeduldig auf die Arbeitslosigkeit wartete, kam er nicht auf die Idee, seine Lehrstelle vorzeitig zu verlassen, sondern füllte seine Lebenszeit damit aus, zu erlernen, wie man die Felder blasser Verteiler-Funktionen dünn schraffiert. Bestellungen, Lagerbestände, Lieferscheine, Konten, Kartenreiter, Mahnverfahren, Porti, Pakete. Aus der Zeit, die sie verkauften, um zwischen Chemikern und Leidenden Pharmazeutika hin und her zu schieben, sprengten die Angestellten Bruchstücke für Privatgespräche heraus, unter denen die Grundtatsachen ihres Lebens sichtbar wurden, zum Beispiel, daß Fräulein Gehring an der Last ihrer großen Nase trug, daß Fräulein Maschler süß und dantschig war und infolgedessen aufs Kinderkriegen wartete. Am Vormittag um halb zehn waren die ersten Eilbriefe auf die Post zu bringen und Backwaren fürs Frühstück zu besorgen. Franz ging die breite Lindwurmstraße entlang bis zum Postamt am Goetheplatz. Viele Leute bewegten sich auf dem grauen Boulevard, der fast schon zur Innenstadt gehörte. In einer Bäckerei kaufte Franz für Fräulein Gehring, Fräulein Maschler und sich selbst eine Tüte mit Zuckerhörnchen. Er aß seine zwei Hörnchen gleich auf der Straße, weil er gierig nach ihrem frischen, süßen, weichen Geschmack war. Zurückgekehrt, aß er dann die belegten Brote, die seine Mutter ihm mitgegeben hatte, hinten im Packraum bei Lechner, der trotz seines schlechten Lohns eine gewaltige Brotzeit verzehrte und dazu Bier trank. Der Chef kam regelmäßig nach der Frühstückspause, gegen zehn. Sie hörten, ehe er eintrat, das Gebell seines Dackels. Der Chef ging zuerst in sein Büro und besprach mit Fräulein Gehring die Post und die laufenden Geschäfte, ehe er ins große Büro kam. Er warf einen feindlichen Blick auf Franz. Franz war ihm von Anfang an zuwider gewesen. Er war ihm nicht fix genug. Er spürte, daß Franz die Arbeit, die er tun mußte, lässig und gelangweilt verrichtete. Dann diktierte er in seinem Büro Fräulein Maschler Briefe. Fräulein Gehring war nicht eifersüchtig auf Fräulein Maschler; sie hatte den Chef fest in der Hand. Nach außen ließen sie und der Chef sich von ihrem Verhältnis nichts anmerken, sondern sprachen sachlich über die Vorgänge im Büro, redeten sich mit Sie an. Fräulein Gehring deckte Franz gegen die Feindschaft des Chefs meistens ab; sie mochte Franz ganz gern, und vielleicht haßte sie den Chef, weil er sie nicht heiratete und sie nicht in die Gesellschaft der Kaufleute mitnahm. Der Chef hatte ein Teiggesicht und trug Gamaschen, hielt sich aber für einen straffen, modernen Geschäftsmann. Er nahm die Arbeit im Büro völlig ernst. Er arbeitete wenig. Zum Mittagessen ging er ins Weinhaus Schwarzwälder, eines der führenden Restaurants der Stadt. Wenn Fräulein Gehring mit Franz in den Lagerraum ging, blieb sie oft lange bei ihm, zog die Bestandsaufnahme hinaus. Sie stand dann nahe bei ihm, streifte ihn mit ihrem weißen Kittel, den sie im Büro trug.

Franz mochte den Geruch, den sie an sich hatte, nicht. Einmal, als sie einen schweren Fehler, der ihm bei der Kontoführung unterlaufen war, aufgedeckt hatte, sagte sie im Lager zu ihm, er solle sich hinknien und sie um Entschuldigung bitten, dann würde sie die Angelegenheit dem Chef verschweigen. Franz durchschaute das Verhältnis, das sie zu dem Chef hatte; er lehnte verlegen lachend ab, und Fräulein Gehring wandte ihrerseits die Zumutung ins Spaßhafte, denunzierte ihn auch nicht beim Chef. In Wirklichkeit hatte ihre Aufforderung ihn durchfahren wie ein Schlag; die Erinnerung an diesen Vorfall erregte ihn noch lange danach. Mit Fräulein Maschler hätte er gerne einmal geknutscht; das war die Vorstellung von etwas Weichem, Angenehmem, aber auf ganz andere und schärfere Weise erregte es ihn, wenn er an Fräulein Gehrings Wunsch, ihn zu unterwerfen, dachte. Es wäre ihr sicher lieber gewesen, ein Verlangen, das sie nicht unterdrücken konnte, bei dem jungen, ihr sympathischen Franz zu befriedigen anstatt bei dem teiggesichtigen Chef, der dafür, daß er seine tüchtige Angestellte hörig machte, indem er ihr gehorchte – was ihm überdies Lust bereitete –, den Vorteil einhandelte, niemals mit ihr ins Weinhaus Schwarzwälder gehen zu brauchen. So durchzogen merkwürdige Verhältnisse aus Herrschaft und Unterdrückung, aus Gewinnen, die gezogen, und aus Schulden, die nicht ausgeglichen wurden, das Büro des Zwischenhändlers. Fräulein Gehring war Franz physisch unangenehm; nicht auszudenken, in welcher Weise er verdorben worden wäre, wenn seine körperliche Abneigung ihr gegenüber nicht so stark gewesen wäre, daß er sich in ein verlegenes Lachen retten konnte. Es genügte ihm noch, sich selbst in Lust zu versetzen. Er hatte keine Zukunftsaussicht als die, auf die Zeit ohne Arbeit zu warten, denn so weit konnte er immerhin vorausdenken, daß er sich eine Zukunft in solchen Büros nicht vorstellen mochte. Aber er hatte damals einen laxen und unreifen Begriff von der Zeit. Er wartete. Er war noch nicht ungeduldig genug.

5

Er wartete bis halb zwölf, ehe er den Hund auf die Straße führte. Fräulein Gehring befand sich im Chefzimmer, als er das Büro verließ, sonst hätte sie ihn vielleicht zurückgehalten. Zu Beginn seiner Lehrzeit hatte Franz versucht, sich dagegen zu sträuben, daß der Chef von ihm verlangte, er solle jeden Vormittag den Hund ausführen, aber Fräulein Gehring hatte gesagt: Lehrjahre sind keine Herrenjahre. Später, als Franz ihr sympathisch geworden war, verhinderte sie manchmal den niedrigen Dienst, besonders an Tagen, an denen sie schlecht aufgelegt war und ihre Macht über den Chef zeigen wollte. In letzter Zeit, seitdem er angefangen hatte, den Mann zu beobachten, der immer vor dem Haus am Bavaria-Ring stand, ging Franz gern mit dem Dackel fort. Auf der Straße nahm er ihn an die Leine, damit er nicht von einem Auto überfahren werden konnte. (Anweisung des Chefs.) Am Halsband hantierend, berührte er nur ungern das harte, glatte, heiße Fell des Kurzhaar-Dackels. Der Hund zog ihn von einer Stelle zur anderen, und Franz mußte stehenbleiben, wenn jener stehenblieb, schnüffelte und das Bein hob. Die Straße, in der sich das Büro befand, endete an der Theresienwiese.

Voller Ekel betrachtete Franz den immer wieder schnuppernden und spritzenden Hund. Manchmal riß er ihn ungeduldig weiter, aber es dauerte lange, bis er das Ende der Straße erreichte. Franz überquerte den Bavaria-Ring und nahm dem Tier die Leine ab; es begann, in dem kurzen grauen Wintergras hin und her zu springen. Erst dann wandte Franz sich um und stellte fest, daß der Mann wieder vor dem Haus stand, an jenem Platz, wo Franz ihn schon so häufig erblickt hatte, vor einer der zweistöckigen Villen am Bavaria-Ring. Er stand auf der Wiesenseite der Ringstraße, an einen der kahlen Alleebäume gelehnt, welche die Theresienwiese säumten, dem Eingang der Villa gegenüber, ein Mann mittleren Alters, mager, er trug eine Brille, sein grauer Mantel schien einmal elegant gewesen zu sein. Es war kalt, und der magere Mann mußte in seinem schäbigen eleganten Überzieher frieren, doch bewegte er sich kaum, gab kein Zeichen des Fröstelns von sich. Daß Franz ihn beobachtete, konnte ihm nicht auffallen, denn wenn er ihn überhaupt bemerkte, so war Franz für ihn nichts weiter als ein Junge, der einen Hund ausführte; auch waren genug andere Leute auf der Wiese unterwegs; sie gingen die ausgetretenen Fußpfade über die Wiese hin, nach Süden auf das Denkmal der Bavaria zu, oder nach Norden, zur Schwanthaler Straße hinüber. Als schwarze, sich entfernende Figuren bewegten sie sich über die sehr weite Fläche aus Asche durch den Dezembertag. Wie oft auch Franz den Mann am gleichen Platz hatte stehen sehen – niemals hatte er so lange warten können, bis sich etwas ereignete. Vielleicht ereignete sich heute etwas, weil es auf die Mittagszeit zuging? Franz wollte heute so lange warten, bis etwas geschah, gleichgültig, ob der Chef seines langen Ausbleibens wegen – es würde ihn daran hindern, rechtzeitig zum Weinhaus Schwarzwälder aufzubrechen – in Zorn geriet. Da er Franz nicht über die Lehrzeit hinaus behalten würde, hatte er sich des wichtigsten Mittels seiner Macht über den Lehrling beraubt. Auf der anderen Seite der Theresienwiese, in großer Ferne, lag der Steilhang; jeden Tag konnte es jetzt schneien, und dann würden die Kinder auf dem Hang Schlitten fahren. Bis vor zwei Jahren, ehe er kaufmännischer Lehrling geworden war, hatte auch Franz noch dort gerodelt, unter Hunderten von Kindern, die den Schnee schnell abfuhren, so daß die Schlitten sich nur noch langsam und knirschend bewegten, in den Schmutzspuren, in denen die feuchte Erde die Enttäuschung der Kinder auf das Weiße zeichnete. Der Mann hatte eine Aktentasche neben sich auf den Boden gestellt, eine, wie es schien, voll gepackte und schwere Mappe. Franz hielt sich so weit entfernt von ihm, daß er seinen Gesichtsausdruck nicht beobachten konnte, doch hatte er ihn auch schon aus der Nähe betrachtet, war ein paarmal dicht an ihm vorbeigegangen und wußte, daß er ein spähendes und nachdenkliches Gesicht besaß. Nicht einmal die Gesichter von Rudi Melzer und Otto Raab kannte Franz so gut wie das Gesicht dieses Fremden, der noch nicht alt aussah, aber auch so, als sei er niemals jung gewesen. Die Augen des Unbekannten blickten hinter der Brille nicht böse, aber auch nicht harmlos. Franz hätte ihn brennend gern kennengelernt. Der Dackel verrichtete endlich sein großes Geschäft; Franz sah es mit Widerwillen. Er mußte den Vorgang beobachten, weil es der Zweck seines Ausgangs mit dem Hund war, das erwünschte Ergebnis festzustellen und zu melden. Das Halten von Hunden in Städten. Hunde überhaupt. Als der Dackel gesprungen kam und gelobt sein wollte, gab Franz ihm einen Tritt. Es war gleich zwölf. Franz besaß keine Uhr, aber er konnte die Uhr unter der Kuppel der Paulskirche sehen, am nordöstlichen Rand der Theresienwiese. Täuschte Franz sich oder schien Bewegung in den Mann zu kommen? Löste er sich nicht von dem Baum, an den er sich gelehnt hatte? Was würde geschehen, wenn das, worauf er wartete, sich zeigte? Der Unbekannte wirkte selbst in einigem Abstand noch wie einer, der zu allem fähig ist, aber er sah nicht wie ein Verbrecher aus. Franz empfand nicht das gleiche wie in den Stunden, in denen er, zusammen mit Inspektor Saunders, die Spur der grünen Augen von London verfolgte. Nicht nur unterschieden sich Zeit und Ort gänzlich voneinander, sondern es war auch etwas ganz anderes, anstelle eines Verbrechers einen Menschen zu beobachten, der zu allem fähig war, und sei es zu einem Verbrechen. Und so, wie sich jener Mann von einem Verbrecher unterschied, so wenig ähnelte Franz einem Detektiv, denn im Gegensatz zu Inspektor Saunders kam es ihm nicht darauf an, ein Verbrechen zu verhindern, als vielmehr darauf, eines zu beobachten. Franz wünschte sich in diesen Minuten nur, das Verbrechen des wartenden Mannes möge geschehen. Der Hund war nun ruhig geworden und hielt sich, trotz des Fußtritts, in Franz' Nähe auf. Die Glocken der Paulskirche läuteten endlich zwölf Uhr. In dem Viertel, wo die Kirche stand, begann die Innenstadt, während die übrigen Ränder der Theresienwiese von Peripherie umstanden waren: Mittersendling, dem Schwanthaler Viertel, dem Bezirk der großen Brauereien an der Landsberger Straße. Eine Frau kam durch die Gartenpforte der Villa, und es geschah zunächst nichts weiter, als daß der graue Mann die Straße überquerte und auf sie zutrat. Die Frau blieb stehen und erwartete ihn, nicht überrascht. Wenn sie die ganze Zeit über in der Villa gewesen war, so mußte sie ja den Mann und sein Warten bemerkt haben. Die beiden schienen sich zu kennen. Eine Liebesgeschichte. Dennoch nahm Franz die Verfolgung auf, weil er überlegte, wie seltsam es war, daß der Mann an vielen Tagen stundenlang vor dem Haus wartete, wenn er die Frau doch kannte und also Gelegenheit hatte, sie zu sehen und mit ihr zu sprechen. Das Paar ging den Bavaria-Ring entlang in die Richtung der Innenstadt, und der Mann, der seine schwere Tasche trug, sprach auf die Frau ein, nicht ununterbrochen und leidenschaftlich, sondern eher zögernd, mit langen Pausen, in denen er sie unverwandt anblickte. Manchmal blieb er stehen, weil die schnelle Gangart der Frau ihn anstrengte, dann wartete sie, nicht gerade unhöflich, aber doch spürbar ungeduldig. Franz mußte sich rasch und unauffällig fortbewegen, weil er auf dem äußeren Radius der Kreislinie ging, die er und das Paar beschrieben. Der Hund folgte ihm, erstaunt und zögernd, weil es nicht nach Hause ging. In der Absicht, Franz ins Büro zurückzuzerren, blieb er immer weiter zurück. Die Frau war jung und um eine Spur größer als ihr Begleiter, sie trug ihre dunklen Haare hochgesteckt über einem Gesicht von einer etwas vulgären und wütenden Schönheit. Im Gegensatz zu jener Edith hatte sie nichts Wehrloses und Zögerndes. An einer Straßenecke hielt sie endlich als erste inne; sie sprach kurz und heftig mit dem Mann; dann ging sie in der Seitenstraße davon, während der Mann an der Ecke zurückblieb und ihr nachsah. Franz ging sehr schnell, die Kreisbewegung in einer geraden Linie abbrechend, auf ihn zu; er hatte nur den einen Wunsch, das Gesicht des Mannes so schnell wie möglich aus der Nähe sehen zu können, und er war in wenigen Sekunden bei ihm, indessen der Dackel sich auf die Wiese setzte und zornig bellte. Franz machte zum erstenmal die Erfahrung, daß man in den Gesichtern vieler Menschen nur wenig lesen kann. Das Gesicht dieses Herrn von so unbestimmbarem Alter, der aber doch wohl ein schon älterer Mensch sein mußte, war unverändert: mager, traurig und klug. Aber während es sonst zwar nicht böse, doch auch nicht harmlos war, überzog es in diesem Augenblick eine tiefe Geistesabwesenheit, denn obwohl Franz den Fremden fast unhöflich anstarrte, schien er davon nichts zu bemerken. Wäre er ohnmächtig gewesen, so hätte er nicht abwesender sein können. Er hatte seine Tasche, die seine linke Schulter hinabzog, nicht abgestellt, sondern stand nur da, blickte übrigens nicht einmal mehr in die Richtung, in der die junge Frau gegangen und verschwunden war, und es schien ihm schwerzufallen, sich zu einer Bewegung zu entschließen. Franz entfernte sich so schnell, wie er gekommen war, weil er begriff, daß er fort sein mußte, wenn der Mann zu sich kam. Zu dem Hund zurückgekehrt, der sich vor Ärger fast heiser geschrien hatte, stellte er fest, daß auch der Mann schließlich weiterging, mager in seinen Mantel gehüllt – der einmal elegant gewesen war –, trotz seiner schweren Mappe wahrscheinlich ein Arbeitsloser, einer von den gebildeten Arbeitslosen, denn wie konnte er so viel Zeit zum Warten auf eine Frau aufbringen, wenn er Arbeit hatte? Wie die Frau ging er in Richtung Innenstadt, nur auf einem anderen Wege, noch immer den Bavaria-Ring entlang. Schließlich entschwand er aus Franz' Gesichtsfeld. Es war kein Verbrechen geschehen, aber Franz war trotzdem nicht enttäuscht.

6

Am folgenden Tag, dem Samstag, schloß das Büro um eins, Franz war um halb zwei zu Hause, aß hastig und verließ die Wohnung. Seine Mutter hatte ihn gefragt warum er schon wieder fortginge, aber sie konnte ihn nicht zurückhalten, weil er kein Schüler mehr war, sondern schon arbeitete und verdiente, wenn auch nur vierzig Mark Taschengeld im Monat, während des letzten Lehrjahrs. Das war damals immerhin etwas. Als Arbeitsloser würde er keinen Pfennig mehr bekommen (man bezahlte den jugendlichen Arbeitslosen zu jener Zeit keine Unterstützung mehr; unter der Zahl der Erwerbslosen war das staatliche Versicherungssystem zusammengebrochen, und der Staat selbst näherte sich dem Bankrott), aber auch dann würde seine Mutter ihre frühere Macht über ihn nicht wiedergewinnen, denn indem er die Schule quittiert und zu arbeiten begonnen hatte, bezog sich sein Leben auf die Teilnahme an der Arbeit oder den Ausschluß von ihr, so daß er im Grundverhältnis des Daseins seiner Mutter gleichgestellt war. (In anderer Hinsicht war er – und blieb es auch später – abhängig von ihr wie jeder Sohn. Doch das ist eine andere Geschichte.) Er ging zum Rotkreuzplatz und nahm die Linie 1. Die Tage unterschieden sich nun nicht mehr voneinander; sie blieben eintönig grau, zwar durchsichtig, aber lichtlos. Der Dezember wartete auf den Schnee. Die Trambahn fuhr eine lange Zeit durch die Nymphenburger Straße und erreichte in der Dachauer Straße die Innenstadt. Als sie auf dem Bahnhofsplatz hielt, blickte Franz Kien auf die Stelle vor dem Eingang des Hauptbahnhofs, an der er sich mit Rudi Melzer und Otto Raab um drei Uhr treffen sollte. Es war jetzt zwei vorbei. Franz stieg am Marienplatz aus. Er konnte den Platz mit seinem flach verschrobenen Rathaus nicht leiden und verließ ihn hastig. Erst vor den Schaufenstern der Buchhandlungen und der Feinkostgeschäfte in der Theatiner Straße blieb er stehen. Er begann damals gerade, die Literatur und die Speisekarten zu entdecken. Weniger Autos als heute fuhren durch die Straßen, und die vornehmen Läden dekorierten sich als zurückhaltende Wappenschilder ins Grau der Krise, als noble Erinnerungen an eine Tradition der Wollust und des Glücks. Die Preise waren billig, aber Franz konnte sich nichts kaufen. Die Arbeitslosen hielten sich von der Theatiner Straße und dem Odeonsplatz fern oder mischten sich so vorsichtig unter die Passanten, daß sie nicht zu erkennen waren. Um sich zu tarnen, legten sie in der Theatiner Straße ihre freie und ungebundene Haltung ab und gaben ihren Gesichtern jenen Ausdruck von Sorge, mit dem das gute Publikum die feinen, preiswerten Waren betrachtete, die es gern gekauft hätte. Franz gehörte noch nicht zu den Arbeitslosen, aber auch nicht zu der Gesellschaft, die sich schämte, nicht mehr wohlhabend zu sein, und sich in die Theatiner Straße drängte wie in einen verstaubten Salon. Das Preysing-Palais zeichnete ein paar schwarze Kurven auf Umbra in den verwitternden Tag. Der Odeonsplatz gab den Blick auf die kahlen Baumkronen über den Hofgarten-Arkaden und auf die Ludwigstraße frei. Paläste staffelten sich in die durchsichtige Isabellenfarbe des Winters. Franz spürte wieder, wie jedesmal, wenn er in der Mitte der Stadt herumlief, wie gänzlich er in ihr der Peripherie entrückt war: die Straßen-Perspektiven wiesen auf nichts hinaus, sondern waren ausschließlich dazu bestimmt, Veduten zu stellen. Aufs neue nahm er sich vor, die Geheimnisse von München zu ergründen, wenn er arbeitslos sein würde. Er wußte, daß München, wie jede Stadt, Geheimnisse besaß, die noch nicht ergründet waren, und daß sie nur in der Innenstadt verborgen lagen. Er konnte noch nicht wissen, daß er kurze Zeit später Kommunist werden und infolgedessen die Innenstadt nur selten betreten würde. Auch als Arbeitsloser, wie jetzt als Lehrling, sollte er sein Leben in den Vorstädten verbringen. Vielleicht hätte er sein Schicksal in den Jahren, die kamen, geahnt, wenn er sich selber, das heißt, seine Art, auf die City zu reagieren, genauer beobachtet hätte. Der Befriedigung, die der geschichtliche Stadtkern von München seinen Sinnen gewährte, war nämlich ein Gefühl wie von Verräterei beigemischt. Nicht viel, aber immerhin, es war da, wie ein Schmerz, der noch nicht ins Bewußtsein gedrungen ist: die Empfindung, er verriete die Vorstädte, indem er den Kern der Stadt liebte. Er bog in die Brienner Straße ein und gelangte an das erste Ziel seines Weges, das Schaufenster des Herrenschneiders van Hees. Auf Mahagoniholz hatte der niederländische Schneider Stoffe und Kleidungsstücke drapiert. In der großen Glasscheibe spiegelte sich der Wittelsbacher Platz, mit seinem Reiterstandbild und dem Palast, in dem der Sohn des abgesetzten Königs von Bayern als Fürst ohne Thron residierte. Ein Schal aus kamelhaarfarbenem Flanell fiel Franz zuerst auf, dann ein schwarzer Mantel mit einem Astrachan-Kragen. Van Hees wechselte die Waren, die er ausstellte, häufig. Der Winter hatte ihn veranlaßt, einen Gehpelz, einen Jagdanzug und Gewebe aus schweren Wollen oder Cheviot ins Fenster zu legen, dazu ein paar Cachenez und Sweater. Alle diese Dinge waren für Franz gänzlich unerreichbar, so unerreichbar, daß er sich mit dem Gedanken, ob er sie eines Tages besitzen würde, nicht beschäftigte. Er betrachtete schließlich ein Stück Tweed, vielleicht aus Shetland-Wolle, Haupteindruck ein bläuliches Grau, eine kalte Farbe wie Torffeuer-Rauch in einem Hochland-Moor, dem aber ein brauner Wollfaden eingewirkt war (Durchschuß und Kette), ein Braun, als sei es von einem alten Flintenschaft abgenommen oder von der dunkelsten Feder eines Bekassinen-Flügels. Er konnte seinen Blick lange nicht von dem Stoff abwenden, von dem Gewebe aus Macht und Reichtum, aus Dichte und Tiefe. Er ahnte, daß, wenn er nur lange genug davor stehen blieb, wenn es ihm gelänge, sich ganz darauf zu konzentrieren, der Stoff sein Geheimnis preisgeben würde. Aber er blieb nicht lange genug stehen, sondern ging weiter, die Ostseite des Promenadenplatzes entlang, an den Hotels vorbei, und betrat die Dreifaltigkeitskirche. Der Innenraum der Dreifaltigkeitskirche war, genau wie das Schaufenster des Schneiders, einer jener Orte, an denen Franz das Gefühl für die Zeit verlor. Übrigens war die Kirche in fast genau dem gleichen Grau gehalten wie der Stoff vorhin, aber ohne den Einschuß von Braun; statt dessen waren ihr einige goldene Akzente aufgesetzt. Ein sanftes Grau, zwischen Hell und Dunkel spielend, nahm Franz auf, hüllte ihn ein wie ein Etui. Auch hier der Eindruck von Reichtum, den Franz nicht besitzen konnte, niemals besitzen würde, der nur zur Betrachtung hergeliehen war. Wenige Menschen hielten sich in der Samstagnachmittag-Kirche auf. Uhrenloses Schweigen. Zweckloses taubengraues Verhältnis zur Gottheit. Irgend jemand mußte übrigens diese Farbe auf die Mauern und Säulen aufgetragen haben. Es gab hier keine Einstecktafeln für Gesangbuchverse. Ein Ort, der keinem erkennbaren Zweck diente; man war in ihm so frei wie im Zustand der Arbeitslosigkeit, auf den Franz damals wartete wie auf eine unverdiente Gnade. An solchen Orten, in solchen Zuständen blieb alles in der Schwebe, wurde alles für die Zeitspanne, in der man sich in ihnen befand, aufgehalten: die Entscheidungen und der Fortgang der Zeit. Die Revolution und die Hörigkeit verhofften in ihnen einen Augenblick, von der plötzlichen Vorstellung der Ewigkeit betroffen, ehe sie ins Freie brachen, um zu sterben. Als Franz die Kirche verließ, hatte es zu schneien begonnen, in einzelnen langsamen und schweren Flocken. Am Bahnhofsplatz verbarg er sich hinter einem Mauervorsprung im Eingang des Warenhauses Tietz und beobachtete Rudi Melzer und Otto Raab, die weit entfernt von ihm vor dem Eingang zur Schalterhalle des Bahnhofs standen und auf ihn warteten. Der Bahnhof stand ziegelrot und trostlos im Gestöber von Menschen und Schnee. Rudi Melzer war genau so gekleidet wie gestern, aber Otto Raab hatte keine Windjacke an, sondern trug einen dunklen Mantel. Er hielt eine Aktentasche in der Hand. Franz Kien sah ihnen zu, wie sie frierend nach ihm Ausschau hielten. Von Zeit zu Zeit sprachen sie miteinander. Wenn sie zu Tietz herüberblickten, trat Franz Kien hinter die Mauer zurück. Gegen vier Uhr gaben sie das Warten auf und gingen in den Bahnhof hinein. Sie wurden zehn Tage später von der Polizei in Breslau aufgegriffen, in einem Nachtlokal und fast mittellos. Rudi Melzer wurde als Anstifter und wegen des Gelddiebstahls von der Ruprecht-Oberrealschule relegiert, konnte sein Abitur aber auf einer anderen Höheren Schule machen. Er und Otto Raab sprachen mit

Franz Kien nie wieder ein Wort. Franz ging durch die Dachauer Straße nach Hause. Der Schnee fiel durch die beginnende Dunkelheit in die Straßen, auf denen wieder die Arbeitslosen zu erkennen waren, wie sie unruhig hin und her eilten. Als er den Platz am Ende der Straße überquerte, spürte Franz, wie die Türe zur Innenstadt sich hinter ihm schloß.

Alfred Andersch im Diogenes Verlag

»Andersch, mir nah, ein Liebhaber des Halbschattens, ein Reisender ohne Uniform, einer, der in Providence verschwindet, ein Kundschafter, manchmal verkleidet, auf der lebenslangen Flucht nach den Kirschen der Freiheit, er wird nie Sansibar erreichen, und selbst wenn er nach Sansibar kommen sollte, wird Sansibar nicht mehr Sansibar sein, und nie wird Andersch aufhören, nach dem letzten Grund zu forschen.«
Wolfgang Koeppen

Alfred Andersch, 1914 in München geboren, lebte seit seinem Weggang als Leiter der Redaktion ›Radio-Essay‹, die er beim Süddeutschen Rundfunk begründete, in der Schweiz. Seine Bücher zählen zu den besten der deutschen Nachkriegsliteratur. Innovativ wurden auch seine radiophonischen Arbeiten für Bereiche wie Hörspiel und Feature, Essay und Collage.

Efraim
Roman

Die Kirschen der Freiheit
Ein Bericht

Hohe Breitengrade oder Nachrichten von der Grenze
Ein Reisebericht mit 48 Farbtafeln nach Aufnahmen von Gisela Andersch

Sansibar oder der letzte Grund
Roman

Wanderungen im Norden
Ein Reisebericht mit 32 Farbtafeln nach Aufnahmen von Gisela Andersch

Aus einem römischen Winter
Reisebilder

Mein Verschwinden in Providence
Neun Erzählungen

Die Rote
Roman. Nach der vom Autor revidierten Fassung von 1972

Hörspiele
Fahrerflucht / Der Tod des James Dean / Russisches Roulette / In der Nacht der Giraffe

Winterspelt
Roman

Geister und Leute
Zehn Geschichten

Ein Liebhaber des Halbschattens
Drei Erzählungen

empört euch der himmel ist blau
Gedichte und Nachdichtungen 1946–1977

Die Blindheit des Kunstwerks
Literarische Essays und Aufsätze

Neue Hörspiele
Die Brandung von Hossegor / Tapetenwechsel / Radfahrer sucht Wohnung

Der Vater eines Mörders
Eine Schulgeschichte. Mit einem Nachwort des Autors

Flucht in Etrurien
Zwei Erzählungen und ein Bericht

Erinnerte Gestalten
Frühe Erzählungen

Die Romane
Vier Bände: Sansibar oder der letzte Grund / Die Rote / Efraim / Winterspelt

Meistererzählungen
Nachwort von Lothar Baier

Das Alfred Andersch Lesebuch
Herausgegeben von Gerd Haffmans. Mit Lebensdaten und einer Bibliographie

Über Alfred Andersch
Essays, Aufsätze, Rezensionen von Thomas Mann bis Arno Schmidt. Interviews, Chronik, Bibliographie der Werke. Auswahlbibliographie der Sekundärliteratur. Erweiterte Neuauflage 1980

Stephan Reinhardt
Alfred Andersch
Eine Biographie. Mit zahlreichen Abbildungen, Anmerkungen und Zeittafel

Stephan Reinhardt
Alfred Andersch
Eine Biographie

»Ein Buch über die Interna des westdeutschen Kulturbetriebes und zugleich über die Entwicklung der deutschsprachigen Literatur, das mit dieser 768 Seiten umfassenden Andersch-Biographie vergleichbar oder ihr auch nur annähernd ähnlich wäre, gibt es nicht. Wer sich für die aufgewühlte Zeit nach dem Zweiten Weltkrieg (die seltsam verzerrt in der DDR gegenwärtig variiert wird) und für die Geschicke der westdeutschen Nachkriegsliteratur interessiert – hoffend, immer wieder enttäuscht, von allem irgendwie Gelungenen betroffen wie von etwas Belangvollem –, muß diesem Buch erliegen. Er wird es nicht brav durcharbeiten als Pflichtlektüre oder materialreiche Spezialstudie, sondern wird sich in ihm verlieren, wie man sich in einem Haufen alter Briefe verliert, bei der Suche nach etwas ganz anderem. Gelebtes Leben zieht in Bann, Streitereien von einst schütteln den Staub ab. Gräber öffnen sich. Ungewöhnlich und faszinierend an dieser Biographie ist, daß sie Literaturgeschichte gleichsam ›von unten‹ gibt.«
Joachim Kaiser / Süddeutsche Zeitung, München

»Auf solche Lebensbeschreibung, so anschaulich und penibel, so aufschlußreich und unterhaltsam, trifft man nur selten.«
Klaus Bellin / Die Weltbühne, Berlin

»Eine umfangreiche Biographie über den Publizisten, Kritiker und Erzähler Alfred Andersch schildert ein Stück deutscher Kulturgeschichte. Die minutiös belegte Biographie von Stephan Reinhardt spiegelt zugleich auch die jüngere (west-)deutsche Geschichte wider.« *Der Spiegel, Hamburg*

Hartmut Lange im Diogenes Verlag

Hartmut Lange, 1937 in Berlin-Spandau geboren, studierte an der Filmhochschule Babelsberg Dramaturgie. Er lebt in Berlin und schreibt Dramen, Essays und Prosa.

»Hartmut Lange hat einen festen Platz in der deutschen Literatur der Gegenwart. Dieser Platz ist nicht bei den Lauten, den Grellen, den Geschwätzigen, sondern bei den Nachdenklichen, bei denen, die Themen und Mittel sorgfältig wählen.« *Kieler Nachrichten*

»Die mürbe Eleganz seines Stils sucht in der zeitgenössischen Literatur ihresgleichen.«
Frankfurter Allgemeine Zeitung

»Hartmut Lange steht Heinrich Kleist nahe. Kleists Unglück, Todesnähe und Todesheiterkeit sind auch seine Chiffren, sind sein Code, den er entziffern will.«
Süddeutsche Zeitung, München

»Dieser Autor verdient es, daß man ihn mit ganz besonderer Aufmerksamkeit liest, denn er unterscheidet sich deutlich von lautstarken Trommlern wie Grass oder Böll jenseits des Rheins. Man wird an die Dramen Maeterlincks und Wedekinds erinnert.«
Le Figaro, Paris

Die Waldsteinsonate
Fünf Novellen

Das Konzert
Novelle

Die Ermüdung

Die Wattwanderung

Die Reise nach Triest
Novelle

Die Stechpalme
Novelle

Die Selbstverbrennung
Roman

Vom Werden der Vernunft
und andere Stücke fürs Theater

Schnitzlers Würgeengel
Novellen

Der Herr im Café
Drei Erzählungen

Bernhard Schlink
im Diogenes Verlag

»Wenn es eine Renaissance des Erzählens gibt, dann hier.« *Der Spiegel, Hamburg*

»Schwungvoll geschriebene, raffiniert gebaute Romane, in denen die politische Aktualität und die deutsche Vergangenheit präsent sind.«
Dorothee Nolte/Der Tagesspiegel, Berlin

»Bernhard Schlink gehört zu den Autoren, die sinnlich, intelligent und spannend erzählen können – eine Seltenheit in Deutschland.«
Dietmar Kanthak/General-Anzeiger, Bonn

»Bernhard Schlink gelingt das in der deutschen Literatur seltene Kunststück, so behutsam wie möglich, vor allem ohne moralische Bevormundung des Lesers, zu verfahren und dennoch durch die suggestive Präzision seiner Sprache ein Höchstmaß an Anschaulichkeit zu erreichen.« *Werner Fuld/Focus, München*

»Bernhard Schlink ist ein sehr intensiver Beobachter menschlicher Handlungen, seelischer Prozesse. Man liest. Und versteht.«
Wolfgang Kroener/Rhein-Zeitung, Koblenz

Die gordische Schleife
Roman

Selbs Betrug
Roman

Der Vorleser
Roman

Bernhard Schlink & Walter Popp
Selbs Justiz
Roman

Erich Hackl im Diogenes Verlag

Erich Hackl, geboren 1954, lebt, nach längeren Aufenthalten in Spanien und Südamerika, in Wien.

»Seine Fähigkeit, aus den zur Meldung geschrumpften Fakten wieder die Wirklichkeit der Ereignisse zu entwickeln, die Präzision und zurückgehaltene Kraft der Sprache lassen an Kleist denken.«
Süddeutsche Zeitung

Für *Auroras Anlaß*, ein »großartiges Debüt« *(Le Monde)*, erhielt Erich Hackl den Aspekte-Literaturpreis, nach *Abschied von Sidonie*, »einer meisterhaften Erzählung, ist er eine der großen Hoffnungen der deutschsprachigen Literatur« *(FAZ)*.

»Mit seinem nüchternen Stil tritt Hackl an die Stelle des Chronisten: er ermittelt, rekonstruiert, beschreibt. Auf ihn trifft García Márquez' Postulat zu, wonach ein Schriftsteller politisch Stellung beziehen, vor allem aber gut schreiben muß.« *Siempre!, Mexiko-Stadt*

Auroras Anlaß
Erzählung

Abschied von Sidonie
Erzählung

König Wamba
Ein Märchen. Mit Zeichnungen
von Paul Flora

Sara und Simón
Eine endlose Geschichte

In fester Umarmung
Geschichten und Berichte